新 潮 文 庫

おくることば

重松 清著

11771

目次

おくることば

２０２０年のせいくらべ

「タケシ、せいくらべするぞ」

さっきまで二階にいたパパは、リビングに入ってくるなりぼくに言った。

「サインペンの、なるべくペン先が細いやつ持ってきてくれよ」

身長を測るだけでなく、それを『背くらべ』の歌のように、リビングの壁に書くのだという。

ママはすぐさま反対した。

「自分のウチにわざわざ落書きしてどうするのよ」

ぼくもそう思う。築二年。まだ新しい我が家を、ママはとても大切にしていて、いつもていねいに掃除をする。特にこの一ヵ月ほど——なかなか外に出かけられなくなってからは、毎日が年末の大掃除みたいだった。

そんなママにしてみると、パパの思いつきは大ヒンシュクものだろう。わかるわかる。

しかも、パパはいま、ちょっとお酒に酔っている。今日はこどもの日の休日なので、友だちとオンラインで集まって、昼間からお酒を飲んでいたのだ。

「タケシにとって小学五年生のこどもの日は一生に一度なんだよ」

パパは言った。あたりまえすぎて返事もできないような理屈だった。

ママもさらにあきれてしまって、「ちょっと寝れば?」と笑った。

でも、パパは「こんなこどもの日……こんな新学期、一生に一度だ。二度と味わわせたくないよ」と続けた。

ママもその言葉には「それはそうよね……」と、しんみりした顔でうなずいた。

ぼくは四月からまだ一度も学校に行っていない。目に見えないウイルスのせいだ。新学期でクラス替えをしても、同じ五年二組の友だちとはオンライン授業の画面でしか会っていない。外に遊びにも行けないし、出かけるときにはマスクをしていないと、怖いおじさんに「うつすな!」と怒られるというウワサだ。

　こんなつまらない春、初めてだ。誰のせいでこうなったんだろう。なにが悪かったんだろう。ぼくがいけないことをしちゃったわけ？　違うよね……。

「タケシはいま身長いくつだ？」

「わかんないけど、一月の身体測定は百三十四センチだった」

「じゃあ、いまはもっと伸びてるな」

「うん……たぶん」

「来年からも、ずんずん伸びる」

　パパはそう言って、「だから、せいくらべするんだ」と続けた。

「今年のこどもの日の自分の背丈を来年見てみると、あの頃はまだちっちゃかったんだなあ、って思うから……一年間でこんなに背が伸びたんだなあって、絶対に思って、絶対にうれしくなるから」

　力を込めて言ったパパは、「負けてらんねーだろ、こんな春に」と笑った。

　せいくらべ、ママもＯＫしてくれた。サインペンはエンピツに変わったけれど。

リビングの壁に背中をつけて「気をつけ」をして、パパに測ってもらった。百三十五・五センチ。やっぱり一月から伸びていた。

「大きくなるんだ、子どもは」とパパが言った。「なるわよ、子どもって意外とたくましいんだから」とママも言った。

二人とも笑顔なのに、涙ぐんでいた。

それが不思議で、でも、急にぼくまでうれしくなって、ママとハグした。パパともハグした。パパは照れくさそうに「濃厚接触しちゃったな」と泣き笑いの顔になった。

夜明けまえに目がさめて

第一回　四十一人目のゼミ生へ

二〇一六年から、早稲田大学で教師をしている。当初は三年間の任期だったのだが、我が子よりも年下になる若者たちと付き合うことには予想以上に歯ごたえがあって、三年でさっさと切り上げるのが惜しくなった。

任期の延長を繰り返して、今年（二〇二一年）で六年目。おそらく二〇二五年三月までは「せんせー」と呼ばれるだろう。小説の仕事も、ペースを落としながらも続けているので、ささやかでショボい二刀流である。

体力的に、しんどいことはしんどい。でも、たのしい。合わせて「たのしんどい」。

そんな「たのしんどい」ニワカ教師生活の中心が、重松ゼミ——早稲田大学文化構想学部、文芸・ジャーナリズム論系のノンフィクション・創作ゼミ。通称・しげゼミ。三年生、四年生、そして五年生や六年生（あれれっ？）の総勢三十数名が、「街と時代と私を描く」をテーマに、小説やノンフィクション、シナリオ、さらには動画まで、さまざまなアプローチで「いま」と向き合っている。

担当している他の演習や講義ももちろん、たのしんどい。でも、ゼミはやはり格別に、たのしんどい。

教師として、というより、人生の先輩として、彼らに伝えたいこと、問いかけたいことは次々に出てくる。知識ではなく、「！」や「？」を増やしてほしい。一つでも多く、さらには深く。

そのためには時間が欲しい。正規の授業は九十分が二コマ。百八十分、すなわち三時間ぶっ続けで授業をしても、まったく足りない。

正解を教えるわけではない。そもそも自分にも正解なんてわからない。ただ、コロナ禍の「いま」を生きる彼らを見ていると、声をかけたくてたまらなくなるのだ。

大変だよな、お互い。

でも、がんばっていこうぜ。

ところで、オレさ、最近こんなこと思ってるんだけど、聞いてくれる――？

そういう連載である。

マボロシのゼミ生に向けて語りかけていきたい。

大学の制度上は、ゼミには二学年で最大四十名の登録が可能らしい。

ならば、この連載は、四十一人目のゼミ生に語るものにしよう。

リアルなゼミは早稲田の学生限定だが、出席番号41は、年齢も性別も国籍も、あらゆるものが不問。すべてがウェルカム。

出席は取らない。だから、つまらなかったら途中で抜けるのも……あ、いや、それはちょっと困るんだけどさ……がんばります。

とにかく、読んでくださる人は、誰もが四十一人目のゼミ生である。いるけど、いない。いないけど、いる。ザシキワラシのような皆さんへ、還暦間近のシゲマツが、たのしんどい毎日の折々に感じたこと、考えたことを、ゆるゆるとお話ししたいな、と思っている。

＊

テーマやスタイルは自由に、と編集部から言われた。ありがたい話である。ならば、お言葉に甘えて、好き勝手に——「自由」と「好き勝手」は微妙に違う気もするが、まあいいや、とにかく、やらせていただこう。

ただ一つ、自分でルールを決めた。

執筆の時間帯である。

夜明けまえに書く。

暗いうちにベッドから出て、仕事部屋のパソコンに向かう。若い頃なら、眠気覚ましにはコーヒーと煙草《たばこ》という最強コンビがあったのだが、心臓を悪くして煙草を止《や》めて、もう十年以上になる。戦力半減である。コーヒーだけでは、いささか心許《こころもと》ない、って？　いやいや、そんなことはないのだ。

一度目が覚めてしまうと、もう眠れなくなってしまうんだよ。

二度寝をしようとしても、なかなかうまくいかない。じゃあ、潔《いさぎよ》くあきらめて、本を読むとか仕事をするとか……眠くなってきたら、またベッドに戻ればいいんだし……。

　というわけで、この連載は、夜明けまえに目が覚めたときに取り組む仕事に決めた。

　小説のようにグーッと虚構の世界に入り込むのではなく、現実の自分自身の生活から付かず離れずの距離をキープする文章を書くのには、この時間帯が一番向いているのかもしれない。

　しげゼミのメンバーには、ルーティンワークとして、ローテーションを組んで日記を書いてもらっている。コロナ禍を生きる若者の日常を文章で残しておくのは、絶対に意味があると思って——山田風太郎の『戦中派不戦日記』を遥《はる》かなお手本として始めた企画なのだが、それを読むと、まずなにより、若い連中の体力に圧倒されてしまう。

　よく歩き回る。よく食べる（油そば率と、鶏《とり》の唐揚げ率が異様に高いのは、ワセダだけなのかな？）。そして……よく寝るのだ、みんな。

　明け方まで動画を観《み》たりゲームをしたりして（酒を飲んでいないというのが、いまどき、かもね）ベッドに入り、ガーッと寝て、目が覚めたら夕方――。

おいおいおい、と苦笑する思いが半分、残り半分は、むしょうに懐《なつ》かしいのだ。

そう、僕だって学生時代は、半日ぐらい平気で眠っていた。最長記録はいまでも覚えている。十九歳のときだ。徹夜でビル工事の現場で働いたあと、朝八時に下宿に帰り着いて布団《ふとん》に倒れ込み、目が覚めたら夜十時。おしっこをしてからまた眠って、次に目が覚めたら翌朝七時だった。

そこまで極端ではなくても、全般的に眠りが深かった。寝入ったとたんに、すとーん、と井戸の底まで落っこちて、そのまま、途中で目覚まし時計が鳴ろうと救急車がウチの前を通ろうと、なにも気づかずに（目覚まし時計は無意識のうちに止めていた）熟睡することがしょっちゅうだった。

最近のゼミ生の日記にも、こんなのがあった。二〇二一年十二月三日早朝に起きた、山梨県東部を震源とする地震――震源に近い山梨県大月市では震度5弱を記録し、そのゼミ生が住んでいる街でも震度3だったのだが、本人はまったく気づかずにぐっすりと眠っていたのだという。

頼もしいというか、おおらかというか、のんきというか……でも、わかるわかる。

そうだったそうだった。

とにかく、若い連中の図太い眠りっぷりがうらやましい。眠るのにも体力が要るんだ、とあらためて思い知らされた。

いまの僕は、眠りが浅い。トイレも近くなって、ひと晩に一度は必ず、多いときには二度三度と目が覚めてしまう。ちょっとした物音にも弱い。特に夜明けの早い夏場は、早朝から近所の犬が吠《ほ》えるだけでもダメだし、新聞配達のバイクの音どころか、郵便受けに新聞を入れたあと、蓋《ふた》がカチャンと閉じる音だけでも、眠りが途切れてしまう。

たとえ途切れても、すぐに二度寝をすればいいのだが、それがまた、難しい。

夜明けまえに目が覚めた直後は、アタマやココロが不安定になっているのだろうか、たいがいひどく落ち込んでしまう。嫌な思い出がよみがえったり、これからのことを思って不安に襲われたりして、眠り直すどころかガバッと起き上がって、ハアハア、ゼエゼエ、と息苦しくなって、心電図を取ると、ほらやっぱり、期外収縮から心房細動へと……薬、服《の》まなきゃ……。

数年前——五十代の半ばにさしかかった頃から、ずっとそうだ。それはまた、ニワカ教師になって若い連中と付き合うようになった頃とも一致する。もう、オレは若くない。体のあちこちにガタが出てきた。この八ヶ月で二度緊急入院して、一度は救急車で搬送された。直接の数値や症状には現れないものも含めて、自分が確実に「オジサン」から「オジイサン」のカテゴリーに入りつつあることは、さまざまな場面で実感する。

特に大学のキャンパスを歩いていたら、「あれ？　オレってこんなに小柄だったっけ」「オレ、歩くのが遅くないか？」と首をかしげることの連続である。学生はみんな背が高いなあ。頭がちっちゃくて、脚が長くて、シュッとしてるなあ。きみたちはみんな、お笑いでいうならＥＸＩＴだ。アンガールズだ。で、オレは出川哲朗なんだろうな……。

気勢の上がらない話で申し訳ない。

でも、なんとなく、その現在地を認めるところから、僕の還暦前後――アラ還の日々は始まるような気もするし、いまの自分が若い人たちに語る言葉は「弱さ」や「負け」をベースにすべきだろうな、とも思うのだ。

たのしんどい。

たのしいけど、しんどい。

しんどいけど、たのしい。

どちらも正しい。僕はいま、この二つをめまぐるしく切り替えながら生きているのかもしれない。

さっきも書いたとおり、夜明けまえに目が覚めたときは、たいがい、ひどい不安感や自己嫌悪《けんお》に襲われてしまう。

それでも、ときどき——五回あるうちの一回ぐらいかな、そういうネガティブな感情がまったく生まれず、文字どおり夜明けまえの空のようにキンと澄みわたった思いになることがある。

そんなときを狙《ねら》って、この連載の原稿を書きたい。

夜明けまえに書きはじめて日の出とともに書き終えればカッコいいのだが、そんなに都合よくはいかない。連載のしょっぱなの、この原稿も、三日目にして、ようやくここまで来た。

まだ夜は明けない。

めっちゃ寒い。ゆうべのニュースでは、今日の東京の最高気温は、昨日より6℃も低い9℃だと言っていた。

今日は大学の出講日である。学部の演習が二コマ。さらに、ゼミ論や卒業研究の提出期限が迫っているので、草稿を添削したり、最終章のまとめ方についてのZOOM面談をしたり……去年はこの時期になって「資料を貸してください！」と言ってきた猛者《もさ》もいたっけ……。

そんなこんなの、たのしんどいアラ還生活のレポート、始めます。

これからよろしく。

＊

二〇二一年十二月八日、東京の日の出時刻・午前六時三十八分――。

第二回　「こころ」を収める器

日記アプリを使いはじめて四年目に入った。手書きの日記の魅力も捨てがたいのだが、アプリだと検索ができる。これがなにかと——暇つぶしも含めて、役に立つのだ。

たとえば二〇一九年一月一日から本日（二〇二二年二月七日）までの日記に「激怒」という言葉が登場するのは三十回もある。「キレる」「キレそうになる」などの「キレ」は十二回で、「叱《しか》る」は十七回。怒りすぎである。一方、「反省」と「後悔」も二十二回と十三回、「不安」に至っては八十二回を数えるのだから、なんとも感情の不安定な日々を過ごしているわけだ。落ち着きなさい、シゲマツくん。

で、その検索機能を使って、新型コロナが日記に初めて登場した日を探してみると——。

二〇二〇年二月十三日だった。〈新型コロナウイルス大変な事態に〉とある。この日、国内で初めての死亡者が出たのだ。

以来、七十五回も「コロナ」が登場することになるのだが、第五波が収まってきた二〇二一年十月二十七日に〈新宿の混み具合は、もうコロナ以前に戻りつつある〉と書いた自分の甘さが恨めしいほどの、すさまじい第六波である。ゼミの学生が持ち回りで書いている日記も、今年に入ってからは話題のほとんどがコロナになってしまった。それも、身近な人間が陽性になったり濃厚接触者になったり……。

四十一人目のゼミ生の皆さんも、どうかご自愛ください。

*

新型コロナの感染の仕組みを解説するイラストや動画では、体内のウイルスが咳《せき》や唾《つば》などの飛沫《ひまつ》に乗って口から外へ飛び出していく場面がよく描かれる。

それを見るたびに、僕はこんなことを考えるのだ。

「話す」が「離す／放す」と同じ読み方をするのは、ただの偶然だろうか。自分の内部にあるものを外に向かって「離す／放す」――それが声によってなされる行為を、「話す」と呼ぶのではないか?

じつは、この(いささか強引な)重ね合わせは、僕自身が幼い頃から付き合っていて、『きよしこ』や『青い鳥』といったお話で描いてきた吃音《きつおん》について説明するときに、好んで使っている。

「吃音というのは、声がすんなりと自分の体から離れてくれないんですよ。身離れのいい肉や魚みたいに声がポロッと取れると楽なんですが、必死に力んで剝《は》がさなくちゃいけなくて、しかもきれいに取れずに、骨にこびりついたものが残るんです」……吃音については、また別の機会に書くこともあるだろう。

とにかく、自分の考えや思い——あえて雑に「こころ」とまとめておこうか、その「こころ」を声にして外に出すことを、「話す」と呼ぶわけだ。

でも、「こころ」は「こころ」のままでは外に出せない。そこが厄介なのだ。水をすくって運ぶには両手でお椀《わん》をつくらなくてはいけないように、そしてウイルスが飛沫と一緒でないと身動きとれないように、「こころ」もまた、それを収めて外に運び出すための器が要る。

この器というやつが、じつにバラエティに富んでいる。磁器に陶器に漆器に金物、皿に茶碗《ちゃわん》にお重にどんぶり……食器に素材やフォルムが各種あるのと同様、「こころ」の器も幅広く、奥深い。僕たちはいつも、表情やしぐさで「こころ」を伝えたり受け取ったりしている。どちらも大事な器だ。音楽や絵画で「こころ」を伝えるのが得意な人もいるだろう。声も忘れてはいけない。猫なで声から甘いささやき、おどけた声色、ドスを利《き》かせた恫喝《どうかつ》に至るまで、声が「こころ」を伝える力は、ほんとうにたいしたものなのだ。

そんなさまざまな器の中でも、とりわけ使い勝手が良いのが、言葉だろう。なにしろ言葉は、声だけでなく文字にもなる。話して聞いて、書いて読む。ものごころついたばかりの幼な子も、人生の黄昏《たそがれ》を迎えた老人も、みんな言葉を使う。特別な技量がなくても、誰もが、それなりに使いこなしている。汎用《はんよう》性があるというか、よりどりみどりの食器がずらっと並んだ食器棚のようなものだろうか。

ただし、よりどりみどりだからこその難しさもある。この器——この言葉は、ほんとうに「こころ」を正しく伝えているのか。せっかくの「こころ」が言葉で台無しになることがある一方で、言葉のおかげで「こころ」が引き立つこともある。「こころ」の重みに耐えきれずに割れてしまう言葉もあるだろうし、言葉の力に負けて恥じ入るしかない「こころ」だってあるだろう。

言葉によって運ばれた「こころ」を受け取るほうも、しっかり考えなくてはいけない。盛り付けにだまされるな、器のキラキラに惑わされるな……いや、ほんと、盛り付け上手が多いし、上げ底の器がどんどん増えてるからね、この世の中……。

小説や詩歌、戯曲などなど、言葉を使う表現ジャンルを味わうとき、僕たちは自分自身の食器棚に新しい器を加えているのだ。

優れた小説を読み、詩歌に触れて、お芝居の台詞《せりふ》を耳にしたとき、「ああそうか、この『こころ』を伝えるには、こういう言葉もあるのか」と気づいたことはないだろうか。僕はある。何度もある。読み手として出会ったたくさんの書き手に心から感謝しているし、自分が書き手の側に回ったいまは、一人でも多くの人の食器棚にシゲマツ印の器が増えてほしいなあ、と願っている。

純文学や詩歌の教えてくれる「こころ」の器は、ほんとうに繊細で、美しい。使いづらそうだけど、見ているだけでも幸せだから持っていよう、というのもいいじゃないか。この器に収めるべき「こころ」を自分が持つかどうか、いまはわからないけど、いつか訪れるかもしれないその日のために食器棚に入れておこう、というともあるだろう。
一方、エンタテイメントは、もう少し具体的に使い途《みち》が見えるところが魅力なのだと思う。の途《みち》が見えるところが魅力なのだと思う。「そうか、あのときの『こころ』はこういう言葉に収めればよかったのか」と振り返ってみたり、「この器、さっそく使ってみようかな」と、食器棚ではなくテーブルに置いておいたり……。

僕が心がけているのは、自分のお話で描く「こころ」は、なるべくじょうぶな器に入れて、読んでくださる皆さんにお渡ししよう、ということ。

熱々のお湯を入れても氷を入れてもＯＫ、小学生が乱暴に扱って床に落としても割れない、そんな言葉が好きだ。洗面所で使うプラスチックのコップを思いだすと、僕の言いたいことがわかっていただけるかもしれない。ちなみに僕が仕事場の洗面所で使っているコップは十八年前に百円ショップで買ったもので、いまも現役バリバリである。うがいする前にちょっとフチを噛《か》んでみると、ミントの香りがジュッと染《し》み出てきて、美味《うま》くて美味くて……嘘《うそ》ですよ、この話は嘘。でも、タフな器――じょうぶな言葉が好きだというのは、マジです。

＊

僕はいま、一月十五日に起きた哀《かな》しくやるせない事件のことを思いだしながら、この原稿を書いている。高校二年生の男子生徒が、大学入学共通テストの会場だった東京大学の弥生《やよい》キャンパス正門前で、なんの面識もない三人の男女を刺傷してしまった事件である。

報道によると、彼は医者志望で、東京大学理科Ⅲ類に入学して医学部に進むことを目指していたものの、成績が思うように伸びずに自暴自棄になった、という。

そのニュースに接したとき、ああ、なんてわかりやすいんだろう、とため息交じりに思った。

なにしろ東大である。クイズ番組の『東大王』、小林よしのり氏の名作『東大一直線』、コミックやドラマで大ヒットした『ドラゴン桜』でもおなじみの、エリートの（揶揄《やゆ》も含めた）象徴である。

そこに理Ⅲが加わるのだ。言わずと知れた理系の最難関の一つである。何年か前にも、我が子四人全員が東大理Ⅲに合格したというお母さんが話題になり、勉強法の本もベストセラーになったたっけ。

東大理Ⅲ——もはやこれは、東京大学理科Ⅲ類の略称ではない。個別の大学の個別の科類を超えた、「東大理Ⅲ」という名の、めちゃくちゃ頭のいいヤツの証明書だと考えたほうがよさそうだ。

だからこそ思う。刺傷事件を起こした高校生は、ほんとうに医者になりたかったのだろうか。医者という職業に就くことから逆算して、東京大学医学部進学、東京大学理科Ⅲ類入学を目指していたのではなく、実際のベクトルは正反対——まず最初に東京大学理科Ⅲ類ありきで、理科Ⅲ類から進むのなら医学部、医学部を出たら医者になる……という流れだったんじゃないか。

二〇二一年度の文部科学省の調査によると、医学部を持つ大学は国公私立を合わせて全国で八十一校を数え、入学定員は九千三百六十人に達する。医者になるためなら、なにも東大医学部でなくてもかまわない。いわば登攀《とうはん》ルートはたくさんある。なのに、彼はたった一つの道に執着して、罪を犯してしまうまでに追い詰められたのだ。

叶《かな》うなら、彼に訊《き》いてみたい。

きみは東京大学理科Ⅲ類で学びたかったのだろうか。それとも合格したかっただけなのだろうか。たとえ成績上位をキープしたまま勉強に励んでいたとしても、きみには、入学したあとの学生生活がイメージできないんじゃないかな。

つまり、僕はこう言いたいのだ。

きみが目指していたのは東京大学理科Ⅲ類ではなく、めちゃくちゃ頭のいいヤツの証明書としての「東大理Ⅲ」だったんじゃないの——？

みんなに認められたいという「こころ」は、誰にだってある。もちろん、僕にだって——けっこう、人一倍。

でも、刺傷事件の高校生は、その「こころ」を収める器を「東大理Ⅲ」以外に見つけられなかった。それが哀しい。マンガやバラエティ番組のネタにされてしまうほどわかりやすい器にすがってしまったのが、やるせない。

その時期に日記を担当したゼミ生たちも、みんな事件のことを書いていた。誰もがショックを受け、被害者のことを思って憤《いきどお》っていた。しかし加害者の彼を一方的に断罪するのではなく、他人事《ひとごと》ではないと自分自身に引き寄せながら、「これ以上しつこい報道はせず、そっとしておいてあげてほしい」と願う声が多かった。優しいんだ、しげゼミのメンバーは。

彼より少し先輩になるゼミの学生たちもまた、「こころ」を収めて外に運び出すための器探しに、日々苦労しているのだ。SNSの「いいね」の数に一喜一憂して、就活のエントリーシートの自己PRの書き方に悩んで、LINEの投稿を何度も何度も取り消して……。

がんばれ、ゼミ生。どんなに大変でも、自分の「こころ」を運ぶ器は、自分で吟味するんだ。「いい器ありますよ、どーぞどーぞお使いください、えへへへっ」と笑顔ですり寄ってくるヤカラに騙《だま》されるなよ。

そういう器は、たいがい勇ましかったり美しかったりするものだけど、見た目ほどには「こころ」が収められない。で、すぐに割れるんだ。割れた破片が尖《とが》って刺さるんだよ、本人と相手の「こころ」そのものに。

だから、春休みも課題を出すぞ。たくさん読んで、たくさん書いて、たくさん歩いて、外に出して伝えたい「こころ」を増やしなさい。「こころ」を載せる器を増やしなさい。そしてなにより、自分の大切な「こころ」を伝えたい相手を増やそう。

オレ、そういう日々のことを青春時代と呼ぶんだと思うぞ。

刺傷事件の彼も、しかるべき償いを終え、教育を受けたら、もう一度――今度こそ、自分の手のひらにしっかりと馴染《なじ》む器に「こころ」を載せられると、いいな。

＊

二〇二二年二月七日、東京の日の出時刻・午前六時三十六分――。

第三回　初めての「戦争」の日記

ゼミ生の日記が、変わった。

二〇二二年二月二十四日のことである。

ルーティンワークとして日記の執筆と共有を始めたのは、ゼミ開設三年目の二〇二〇年五月——新型コロナによる一回目の緊急事態宣言のさなかである。

あの時期、大学の授業は全面オンラインになってしまい、ゼミもＺＯＯＭでしか進められなかった。

前年は対面で授業を受けていた四年生はともかく、ゼミに入ったばかりの三年生は、先輩とも同期とも顔合わせすらできないままだった。ＺＯＯＭのギャラリービューの小さな画面からでも、彼らの心細さや居心地の悪さは伝わってくる。ならば——と、ゼミ生全員で日記を書くことにした。そうすれば、おのずと自己紹介になる。無署名とはいえ、何巡かすると「郵便局のバイトは○○だったな」「中学生の弟がいるのは△△だろう」などと、メンバーそれぞれの生活や性格が見えてくる。直接には会えなくても、お互いの日記を読むことで少しでも距離が縮まってくれればいい。

さらに、共有を大前提にして、すなわち読者の存在を意識して書く日記は、文章力を鍛え、虚実皮膜を実感させてくれるだろう。

それになにより、彼らの日記は、未曾有《みぞう》の新型コロナ禍を若い世代がどう生きたかの等身大の記録になるはずなのだ。

そもそもは苦肉の策だったが、やってみると予想以上の手ごたえがあった。

毎週日曜日の午後、僕のもとには前週の担当六名からの日記が次々に送られてくる。六名が七日間を担当するので、のべ四十二日――それを一日につき二本ずつピックアップして、つごう十四日分の日記を構成するのが、僕の仕事である。言ってみれば、アレンジやリミックスにあたる作業だろうか。

その週に起きた出来事を押さえつつ、読み物としての流れの面白さも考え、かつ「これは誰が書いたんだ?」と書き手を推理する余地も残さなくては……。

ラクではない。しんどいときもある。だが、とにかく楽しい。ニワカ教師の「たのしんどい」生活を象徴するのが、日記の構成なのである。

時代の記録としても、望外のにぎやかさになった。思いがけないことが次々に起きた二年間だった。

新型コロナ禍は、三年生が四年生になり、卒業を間近に控えたいまに至るまで、収束しなかった。最初の頃は「コロナ禍」ならぬ「コロナ鍋」や「コロナ渦」も散見していたものだが、いまはもう、そんな間違いをするヤツは誰もいない。「GOTO」に浮かれ、第五波が落ち着いて安堵《あんど》していた日々を、懐かしく、恨めしく思うだけである。

一年延期された東京五輪も、開会直前になって、よくもまああれだけのトラブルが……。日本のトップも代わった。しかも二代も。日記の序盤では「安倍首相」だったのが、途中から「安倍前首相」になり、さらに「安倍元首相」である。アメリカの大統領も交代した。立つ鳥跡を濁しまくりの前大統領の狼藉《ろうぜき》も忘れがたい。凄《せい》惨《さん》でやりきれない事件も多かった。「無敵の人」「拡大自殺」という言葉が、この半年間の日記に何度登場しただろう。この二年、いろいろあったのだ、ほんとうに。

だが――。

昨日、三月六日に最後の担当分の日記を送ってくれた四年生が、メールに一言添えていた。

〈まさか日記の最終回で、戦争のことを書くとは思いませんでした〉

オレもだよ、ほんとに。

＊

二月二十三日までの日記は、二十日に終わった北京《ペキン》冬季五輪の余韻にひたりつつ（高梨沙羅《たかなしさら》選手のスーツ規定違反問題や平野歩夢《あゆむ》選手の採点問題にはみんな怒ってたなあ）、新型コロナの第六波のしつこさにうんざりしていた。そこに三年生は就活の話が交じり、四年生は学生生活が残りわずかになったことへの感慨をにじませて……。

平和だったな。しんどいことや思いどおりにならない状況はたくさんあっても、やはり、平和だった。

だが、ロシアがウクライナに軍事侵攻をした二月二十四日を境に、世界は変わった。

ゼミ生の大半は、ツイッターや友人のインスタグラムで「戦争」が始まったことを知った（ロシアは宣戦布告をしていないので、「戦争」という表現に違和感を持つ方も多いかと思うが、カギ括弧付きで表記することでご容赦いただきたい）。トレンドワードには「第三次世界大戦」も挙がっていたらしい。

なるほど、スマホで「開戦」を知る世代なんだなあ、と妙なところで感心した。ひと昔前までは「朝起きてテレビを点《つ》けたら――」だった。時代も世代も変わったのだ。

一九九九年から二〇〇一年にかけて生まれたゼミ生にとって、二〇〇三年のイラク戦争はものごころつくかつかないかの頃なので、「戦争」に触れるのは、実質的には初めての経験になる。

スマホとSNSの世代だからこそ、ゼミ生たちは未曾有の事態を伝える情報との接し方に四苦八苦していた。フェイク動画が氾濫《はんらん》し、デマが世界規模で拡散されるなか、真偽をどう選り分けていけばいいのか。メディア・リテラシーを育《はぐく》むのはゼミの大きな柱の一つなのだが、まさかこんな形で「実習」をおこなう羽目になるとは、夢にも思っていなかった。

しかも、この「実習」は、単位や成績とは無関係——つまり「学生だから」「若くて世間知らずだから」という言い訳が利かない真剣勝負なのだ。

だまされるなよ。あおられるなよ。軽率にフェイクを拡散したり、ゆがんだ正義に手を貸したりしないでくれ。よかれと思ってやったことが誰かを傷つけたり、誰かを救うのに夢中になっているうちに別の誰かを気づかずに追い詰めてしまうこと、世の中にはたくさんあるんだ。

いま大学は春休み中で、四年生はあと半月余りで卒業する。膝《ひざ》を突き合わせて話をする機会は、残念ながら、もう持てないだろう。

初めての「戦争」をめぐる学生たちの議論を聞きたかった。僕も加わりたかった。できればそれを卒業試験や進級試験にしたいほどだった。結論や正解にはたどり着けない堂々巡りでも、「なにがわからないかをわかる」ための言葉のキャッチボールを、いまこそ、やりたかった。

その悔しさともどかしさを胸に、三月七日の夜明けまえに起き出した僕は、眠気ざましのコーヒーを啜《すす》りながら、パソコンに向かっているのだ。

＊

二〇一一年夏にウクライナを訪ねたことがある。同年三月に起きた福島第一原発の事故についてのルポを書くために、チョルノービリ原発——当時の読み方ではチェルノブイリ原発を取材したのだ（二〇二二年三月三十一日、外務省はロシア語由来の「チェルノブイリ」を、ウクライナ語の「チョルノービリ」と改称することを発表した。コラム執筆時と時系列は逆転してしまうが、本書への収録にあたって「チョルノービリ」を採用する）。

チョルノービリ原発は、発電所全体を覆《おお》って放射性物質を封じ込めていた「石棺」をさらに覆う新シェルターの建設中だった。取材にはウクライナ軍の兵士が、案内なのか監視なのか、とにかく同行してくれた。

ミーシャという、ハタチそこそこの若い兵士だった。童顔なのに、おそろしく無愛想で、怒りっぽく、バッグを地面に置くたびに叱られた（放射性物質がバッグの底に付いてしまうのだ。靴の底も丁寧に洗えと言われた）。

あれから十一年、三十代前半になった彼は、まだ軍にいるだろうか。今度の「戦争」で、祖国を守っているだろうか。

どうか、無事でいてほしい。

だが、生き延びることは、多くのロシア兵の命を奪うことと背中合わせにもなりうる。そのことが、祈りを苦くしてしまう。


何日か前、テレビのニュース番組でロシアとウクライナ双方の情報戦について解説していた専門家が、フェイクニュースの例として一枚の写真を紹介した。

仕事をしながらちらちらと観ていただけなので、ディテールは確かではないのだが、テレビ画面に映し出されたのは、母親と若い兵士の別れの場面だった。

その写真は「ウクライナ国外に避難する母親と、祖国防衛のために街に残る息子との別れの場面」として、ネットで拡散されているのだという。理不尽な苦しみを強いられているウクライナに思いを寄せる人にとっては、胸ふさがれるショットだろう。僕もテレビに目をやって、「ああ……」と顔をゆがめて嘆息した。「たまらんなあ」ともつぶやいた。

ところが、じつはこの写真、まったく違うシチュエーションで撮られたものらしい。写っているのがウクライナ人の母親と息子というのは同じでも、じつはこの親子は、ロシアが一方的に国家承認をした地域に暮らす親ロシア派で、外出する息子を母親が見送っているところなのだ。

ロシアの侵攻をむしろ歓迎している若者が、インターネットの世界で反転して、ロシアから祖国を守る若者になってしまった——偶然のいたずらだったのか、あるいは深謀遠慮が込められたフェイクなのか、専門家の解説は聞き逃してしまった。写真の若者の正体も、細かいところは間違って覚えているかもしれない。ただ、コトの本質はその先にあるのだ。

若者の正体が明かされたとき、僕は「なんだ、そうだったのか」と拍子抜けした。「祖国を守る若者じゃなかったのか」と、がっかりして、少し腹も立てていた。

ニュースのコーナーが終わり、僕も原稿書きの仕事に戻って、しばらくたった頃、キーボードを打つ指の動きが、ふと止まった。

おい、ちょっと待てよ——。

ついさっきの自分を呼び止めて、振り向かせたくなった。

なぜ僕は若者の正体を知ったときに拍子抜けして、腹を立ててしまったのだろう。

彼が「大国ロシアの横暴に抵抗する、勇敢な若者」ではなかったから？　彼と母親が「理不尽な『戦争』によって引き裂かれた親子」ではなかったから？　エールを送ろうと思っていた若者が、じつは「敵」の側だったから？

自分の浅はかさに、ぞっとした。

親ロシア派の若者も、祖国防衛の若者と同じように、「戦争」によって殺されてしまうかもしれない。「戦争」のために誰かを殺すかもしれない。ウクライナの若者たちだけではない。ロシアの兵士だって――殺して、殺される。

もしも、写真の若者が祖国防衛の若者のままでいて、「彼はロシア軍との戦闘で死亡しました」という後日譚《たん》が付いたら、僕は間違いなく彼の死を悲しみ、ロシアの横暴にあらためて憤るだろう。

じゃあ、若者の正体が親ロシア派だとわかったあとで、「彼はウクライナ軍との戦闘で死亡しました」と語られたら……。

悲しみは等価でありたい。憤りは「戦争」の親玉と、その取り巻きにのみ向けたい。「敵の兵士」と「敵」は、ほんとうは違うものなんだと、思っていたい。

きれいごとだな。冷ややかに笑う自分も、いる。けれど、そのきれいごとを捨てた瞬間、僕は――少なくともニワカ教師としての僕は、教え子たちに語る言葉をなにひとつ持てなくなってしまうだろう。

僕はいま、ニワカ教師という立場で、ゼミの学生たちとともに「戦争」について考えている。そのおかげで、ほんの少しだけでも冷静さを保っていられるし、自分の偏《かたよ》りに気づきやすくもなっている。またきれいごとかな。そうかもね。でも、強がりではないつもりだ。

＊

二〇二二年三月七日、東京の日の出時刻・午前六時四分――。

第四回　ココロの酸欠状態のなかで……

　ウクライナ情勢をめぐる報道に接するのがつらい日々である。知らなくてはいけない、目をそらすわけにはいかない、と頭ではわかっていても、やっぱり……しんどい。

　三月までは、報道の語彙《ごい》は「侵攻」「攻撃」「反撃」「抵抗」「包囲」「掌握」「停戦」「交渉」などが多かった。それらの言葉で伝えられるのは「戦闘」の分析や今後の予測だった。首都キーウはどうなるのか、東部や南部の都市は持ちこたえられるのか、ロシア軍は掌握した地域でなにをしようというのか……。

　すごく乱暴にまとめるなら、「この街はどうなってしまうのか」が報道の中心だった。状況の深刻さは大前提ではあっても、その中で多少なりとも、停戦の見通しなどの希望を語る報道もないわけではなかった。

だが、四月に入ると、焦点は「この街でなにがあったのか」に変わった。主要な語彙も「民間人」「遺体」「殺害」「人道」「戦争犯罪」といったものになってしまった。これは「戦闘」を語る言葉ではない。ロシアが否定する言葉をつかうなら、「殺戮《さつりく》」と「虐殺《ぎゃくさつ》」の報告である。

この街でなにがあったのか。僕たちは次々に知ってしまった。しかも、それはまだ、終わってはいない。次の街で、このままだと、やがてまた――いや、明るみに出ていないだけで、じつは、もう……。

アタマで受け止めて理解する分析や予測ではなく、感情、すなわちココロが激しく揺さぶられる。希望はかけらもない。取り返しのつかない出来事は、すでに起きてしまった。これからも起きるかもしれない。いや、おそらく確実に。知れば知るほどココロが揺さぶられて、削られて、ひび割れていく。

だが、自分は傍観者にすぎない。「おまえが落ち込んでもしかたないだろう」と言われたら返す言葉はない。そこがまたキツいのだ。

僕はいままで自分の書くお話の中で、悲しみや絶望、あきらめを背負った登場人物たちに、何度も何度も「深いため息」や「長く尾を引くため息」をつかせてきた。

でも、それは間違いかもなあ、と最近よく思う。

しんどいときの息は浅くなる。文字どおり胸がふさがれてしまうせいだ。深々としたため息をつこうにも、胸に溜《た》まっている息がそこまで多くない。長く尾を引いて吐き出すほどの息を、そもそも吸い込めていないのだ。

ゼミ生の一人が、日記に〈感情が喉《のど》につっかえる〉と書いていた。ああ、わかる、とうなずいてくれる人は少なくないだろう。ため息なしで小さくうなずくしぐさには、おのずと寂しさが漂うんだな。お話の書き手として、この歳《とし》になって一つ学んだ。


ニュースを観るたびに胸がふさがれ、感情が喉につっかえて、おまけにマスクもはずすことができないという慢性的なココロの酸欠状態のなか、それでも季節はめぐる。今年もまた桜が咲いて、散って、ゼミのメンバーも入れ替わった。

新年度のゼミに加わった三年生は、二〇二〇年四月に入学した。新型コロナ禍とともに大学生活を始めたわけだ。

入学式は中止された。授業が始まったのは五月の大型連休明けで、しかも全面オンラインだった。そこからの紆余曲折《うよきょくせつ》は、あらためてたどらなくてもいいだろう。とにかく新型コロナに翻弄《ほんろう》されどおしの大学生活前半の二年間だったのだ。

初回の授業では、後輩を迎える四年生ともども自己紹介をしてもらった。

やはり三年生は、口々に言う。「二年間ほとんど大学に行けなくて」「まだ校舎や教室の位置が覚えられなくて」「サークルも入るタイミングがなくて」「ずーっとウチにいるしかなくて」「友だちができなくて」……だからこそみんな、ゼミで過ごす大学生活の後半に期待している。ウェルカム、まかせろ、とは言いたいのだが、東京都の昨今の感染状況を見ていると、なんとも不穏である。

第七波が来てしまうのか。いや、もはやすでに来ているのか。緊急事態宣言が発出されると、せっかく対面で始めた今年度のゼミも、またＺＯＯＭに戻ってしまうのか……。

全員の自己紹介が終わったあと、僕はゼミ生たちにこう言うしかなかった。

いつまで対面でやれるかわからないけど、とにかくがんばっていこう――。

「いつまで」という言葉が自然に出た。想像がネガティブな方向にしかはたらいていないのを思い知らされた。

もうひと言、続けた。

いつまでマスクなのかわからないけど、心を折らずにいこう――。

終わりが見えない。意外とあっけなく終わるのかもしれないし、思っていたより長くかかってしまうのかもしれないし、じつはもう終わらないのかもしれない。

新型コロナも、ロシアによるウクライナへの軍事侵攻も、そう。僕たちの胸がふさがれ、ココロが息苦しくなってしまうのは、コロナに感染する不安や、社会が機能不全に陥る危惧《きぐ》、ロシアの暴挙への憤りそのものに加えて、終わりに向けてのカウントダウンがまったくできない状態だから、なのだろう。

新型コロナ禍はいつまで続くのか。プーチンはいつになったら兵をひきあげるのか。一日でも早く終わってほしいと願いつつ、長丁場になってしまうことも覚悟して、さらには……考えたくもないけど……。

こうしてまた、息が浅くなってしまう。

*

ロシア軍の攻撃によって故郷を離れざるをえなくなったウクライナの人たちの姿

が、テレビやネットで映し出される。

老人、女性、そして子どもが多い。おそらくある程度の演出的な意図もあるのだろう、カメラはしばしば子どもの抱く人形やぬいぐるみやオモチャにフォーカスする。

オモチャとは、幼い子どもたちがつい何日か前まであたりまえのように過ごしてきた、穏やかな日常生活の象徴でもある。

それが理不尽に断ち切られた。

砲撃を受けたあとの街で、瓦礫《がれき》に座り込んだ子どもが人形遊びをしている。何百人もが避難生活を送る地下鉄の駅で、子どもたちがぬいぐるみを抱きしめる。着の身着のままで逃げるなか、親は我が子にオモチャを持たせた。それは、子どものココロを守る護身具／護心具かもしれない。我が子の日常を必ず取り戻すんだ、という親の思いかもしれない。

だが、その日が来るまで、いったいどれだけの――ボブ・ディランの『風に吹かれて』ではないけど、ほんとうに、いったいどれだけの砲弾が飛び交えばいいのだろう……。

オモチャは避難する子どもたちの胸に抱かれているだけではない。瓦礫の中に埋もれたオモチャもある。

その映像をテレビやネット、新聞や雑誌の写真で見ながら、ふと既視感を抱いた人はいないだろうか。

僕はそうだった。十一年前の東日本大震災を思いだした。取材で歩いたいくつもの被災地で、暗い色をした瓦礫に交じるオモチャを何度も目にした。汚泥《おでい》の中でもすぐに見つけられるオモチャの哀しいほどの色鮮やかさが、まざまざとよみがえったのだ。

軍事侵攻と自然災害という大きな違いはあっても、穏やかな日常が理不尽に奪い去られてしまったのは、どちらも同じだ。

そして、それを取り戻すための道が長く険しいことも、僕たちは――悔しいけれど、思い知らされている。

今年二月、ラジオのドキュメンタリー番組の取材で、福島県の双葉町を訪ねた。

周知のとおり、双葉町は東日本大震災での原発事故の影響で全町避難がいまなお続く唯一《ゆいいつ》の自治体である。町域は帰還困難区域と避難指示解除準備区域に設定され、住民が自由に帰宅して一夜を過ごすことすら叶わない。復興の進み具合でいうなら最後尾にある町だ。

そんな双葉町には、かつて野球部が三回の甲子園出場を果たした県立双葉高校がある。

原発事故のあと、双葉高校の生徒たちはばらばらになった。県内の他の高校に通ってサテライト授業を受けた生徒もいれば、県外に避難して、そのまま避難先の高校に転校した生徒もいる。

野球部の部員たちも例外ではない。二〇一一年の県予選に参加したときは、震災前に二十七人いた部員は十六人になっていた。

大会に向けての練習も、サテライト授業を受ける学校のグラウンドを間借りして、部員はそれぞれの避難先から駆けつけた。そんな厳しい条件の中、双葉高校は初戦に勝ち、校歌を歌ったのだった。

その経緯をラジオ・ドキュメンタリーで報じた東京の文化放送では、定点観測の形で部員たちの近況を追っている。その最新のレポートをお手伝いすることになったのだ。

あれから十一年。アラサーになった部員たちは、結婚をしたり、就職・転職をしたりして、それぞれの人生を歩んでいる。

双葉高校に来たのは震災以来初めてだというマネジャーのSさんは、雑草が生い茂るグラウンドを眺めながら、ぽつりと言った。

「制服、まだ部室にあるはずなんですよ」

地震が発生したとき、野球部はグラウンドで練習をしていた。Sさんもジャージ姿だった。急いで帰宅するとき、「明日の朝は早めに登校すればいいや」と思って、ジャージのままで学校をあとにした。

セカンドを守っていたWさんは、「僕は食べかけの弁当を置きっぱなしにしてます」と苦笑した。腹ペコで練習が終わったあとのお楽しみにして、取っておいたのだという。

Sさんも Wさんも、すぐに戻れると思っていた。部室に戻れる、学校に戻れる、我が家に戻れる、昨日までの生活に戻れる……。

だが、現実はそれを許してくれなかった。

双葉高校のグラウンドに掲げられたスコアボードには、こんな文字と数字が記されている。〈２０１１　春42日　夏１２４日〉——全国大会までのカウントダウンである。

その数字は、もう二度と更新されることはない。文字どおり、時が止まってしまった。

双葉高校は二〇一七年三月に休校した。母校の監督になりたくて高校の教員免許を取得したエースのTさんの夢は、残念ながら少し難しくなってしまった。

町の帰還事業は、ようやく今年六月以降に町内の一部で避難指示が解除される見通しとなった。一月には帰還に向けての準備宿泊も始まった。しかし、三月一日時点で町に宿泊を申請した人数は二十六人——震災前の人口の〇・四パーセントにすぎない。

双葉町を訪ねたときは、まだロシアの軍事侵攻は始まっていなかった。

だからいま、SさんやWさんやTさんの顔が、苦い懐かしさとともに浮かんでくる。

ふるさとを追われたウクライナの人びとの姿を、三人はどんな思いで見つめているだろう。

*

二〇二二年四月十一日、東京の日の出時刻・午前五時十四分――。

第五回　「三年」は長いか、短いか

大型連休が終わった。

行動制限のない大型連休は三年ぶりということで、テレビのニュースでは、行楽地のにぎわいや高速道路の渋滞の様子が連日報じられた。

二〇一九年まではおなじみすぎて「少しは工夫しろよなあ」と言いたかったテンプレも、ブランクがあるとやっぱり懐かしい。渋滞ポイントの小仏峠《こぼとけ》や高坂《たかさか》サービスエリア、海老名《えびな》ジャンクションなどの名前を聞くのもひさしぶりである。ちょっとした同窓会気分というか、「よっ、元気だったか」と言いたくなってしまう。

入社三年以内のアナウンサーの中には、大型連休のテンプレを読むのは初めてだという人もいるだろう。去年もおととしも、大型連休中は緊急事態宣言が発令されていた。ニュースもおのずと暗くなる。せっかくの連休だというのに、持ち前の明るいキャラを封印せざるをえなかった若手アナにとっては、ようやく本領を発揮できる舞台が訪れたわけだ。さあ、心置きなく漢字を盛大に読み間違えて……失礼ですね、ごめんなさい。

もちろん、連休中にも深刻なニュースは途切れなく報じられた。ウクライナ情勢に知床の観光船沈没事故、さらには道志村《どうし》での行方不明女児をめぐる人骨発見……そんな話題のあとで、沖縄の海開きの様子や丘一面に咲き誇るネモフィラがあたりまえのように出てくるところが、テレビの因果なサガなのだろう。

そのサガを一身に体現するアナウンサーは、表情や口調を——つまりは感情をめまぐるしく切り替えながら、ニュースを伝えなくてはならない。

しんどいだろうなあ。掛け値なしに思う。そもそも、皆さん、まさか自分が「戦争」の報道をするなんて、アナウンサーになったときに想像していましたか？　皮肉抜きに、真剣に訊きたい。

僕もフリーライターとして、なんの覚悟もなく業界に入り、もちろん仕事を選べるような立場ではなく、注文されるがままに、岡田有希子《ゆきこ》さんの自殺や尾崎豊さんの急死、連続幼女殺害事件、阪神・淡路大震災、地下鉄サリン事件……もう一度やれと言われたら嫌だなあ、という仕事をたくさんやってきた。もっとも、「それをやらなかったら、もっと幸せだった?」と訊かれると、いや、ちょっと待って、と止めたい。

いろいろな記事を書いた。書かされた。いまは、基本的には無理をして書く原稿はない。でも、無理をして書いたたくさんの原稿がいまの自分を支えてくれているという自覚と、自負は、間違いなく、胸にある。

因果なサガに生かされているのは、フリーライター出身のオレだって同じなんだよ。

*

最近、ニュースのアナウンサーが原稿を読みながら涙ぐんでしまうことが増えている。

プロ意識の欠如なのか。温かい人柄のあらわれなのか。ネットにはさまざまな意見が出ていたが、僕は泣いたアナウンサーを責める気も褒めたたえる気もない。ただ、疲れてるんだなあ、と思うだけだ。

ゼミの学生と話していても、最近ニュースを観なくなったという声をよく聞く。いま起きていることを知らなくてはならない、というのはよくわかっていても、悲しさや腹立たしさややりきれなさに心が塞《ふさ》がれる出来事ばかりで、どうにもキツい……というのだ。

よくわかる。ニュースの受け手でさえそうなのだから、送り手はもっとしんどいだろう。しかも、ほとんどのニュース番組のアナウンサーは、番組の、そしてテレビ局の「顔」として、出ずっぱりでカメラの前に立っている。さらに、並行してバラエティ番組のMCまで務めている人も少なくないのだから、感情の振り幅はすさまじいものがあるだろう。

毎日毎日の放送で、疲れが極限まで溜まっているからこそ、感情がつい昂《たか》ぶってしまい、それを抑えきれないのではないか。

あの涙は、ヒンシュクや美談のネタではない。SOSのサインだと、僕は思う。

責めないであげてよ。褒めなくていいよ。それより、想像しないか。

ニュースの大半は人の不幸の話だ。誰かが死んだり、殺されたり、運が悪くて幸せになれなかったり、自業自得《じごうじとく》でしくじってしまったり、嫌な奴《やつ》もたくさん出てくるし、嫌な奴にかぎって力が強くて……ニュースが掲げる「正義」とは、「無力な正しさ」とほとんど同義かもしれなくて……。

そんな話を、大盛りグルメの特集やエンタメ情報やメジャーリーグの大谷選手の活躍の話と一緒に伝えなくてはならないのだ、アナウンサーの皆さんは。

お疲れさまです。

でも、限度を超えて疲れすぎないで。

新聞は連休明けの五月九日を休刊日にしているし、週刊誌にも合併号はあるけれど、テレビに休日はない（よく考えたら、これ、すごいことなんだと思いませんか？）。

のんきで朗らかなニュースがひさびさに増えた今年の大型連休が、少しでもリフレッシュの足しになっていればいいけど――むしろ逆かな。もっとしんどくなるかな。

とにかく、うまく休みを取りながら、健やかにがんばってほしい。

あんまり泣くなよ。みだりに憤るなよ。感情のシェアって、ファシズムの第一歩だったりするからね。

ただ、僕はこんな未来の光景も想像する。

新人時代を新型コロナ禍に翻弄されたアナウンサーの皆さんが、若手に言うのだ。「昔はコロナで大変だったんだ」「ゲストがリモート出演で、ほんと、やりにくかったんだから」「スタジオでもアクリル板の仕切りが気になって」……。

まあ、そのあたりは、一九八五年に社会に出たシゲマツの世代の昔話――「バブルの頃はタクシーが捕まらなくてさあ」とたいして違いはないのだろう。

で、ここからが、今月の本題。

「三年ぶり」という言葉は、歳月の流れを俯瞰《ふかん》した表現である。

コロナがなかった二〇一九年から、緊急事態宣言の出ていた二〇二〇年と二〇二一年をへて、今年二〇二二年までの「三年」――それは、世界史の教科書に出てくる「ヨーロッパにおける第二次世界大戦は、一九三九年九月の英独戦争に始まり、一九四五年五月のナチスドイツ降伏までの約五年半」と同じ、長い歴史の一時期という捉《とら》え方だ。

個人史に置き換えても同じだろう。おとなたちが「いやー、この三年は大変だったな」と振り返るときの「三年」は、自分の人生の中の、あくまでも一時期にすぎない。それまでに長い間の「新型コロナ禍以前」があり、収束したあと（してほしいよね）に続く「新型コロナ禍以後」がある。その間の、いわば谷間のような「三年」なのだ。

　僕は二〇二〇年三月に満五十七歳の誕生日を迎え、五十八歳、五十九歳と新型コロナ禍の中を生きている。やりたくてもできなかったことは、もちろん、いくつもある。しかし、その多くは、「いま」は無理でも「コロナが収まったら」を合言葉にして、挽回《ばんかい》することが可能だ。五十七歳でやるつもりだったものが六十歳まで引き延ばされても、まあ、なんとかなるか、という感じなのだ。

　五十七歳の自分と六十歳の自分にさほどの違いがなければ、ブランクは「三年」とひとまとめにできる。

　だが、子どもにとっての「三年」は「一年」「一年」「一年」の積み重ねであり、あたりまえの話だが、人生の時間における比率も、おとなのそれよりずっと高い。

　大型連休中のニュース番組で、小学校に上がるか上がらないかの幼い子どもを行楽地に連れてきたお母さんが言っていた。

「この子、ものごころがついてから、一度も遠出の旅行をしてなかったんです」

そうか、ほんと、そうだよなあ……と、しみじみうなずいた。

子どもたちは、思い出をつくる機会をずっと奪われどおしだった。「コロナが収まってから、また行けばいいんだから」ではすまないものが、たくさんあるはずなのだ。

若い世代もそうだ。

ゼミの四年生のＮくんが教えてくれた。

サークルで毎年参加してきた全国規模のコンテストが、存亡の危機にあるという。大会は関西圏の大学生によって運営されているのだが、実行委員会が今年度は二人しかいない。これでは大会は開けない……。

実行委員会は三年生以下の学生たちで構成される。すなわち、入学したときから新型コロナ禍に見舞われた学生ばかりなのだ。「いままで」を知らないのに、「いままでどおり」の運営をこなさなくてはならない。その苦労は想像するまでもないだろう。

「僕らの代が、コロナ前の学生生活を知ってる最後の大学生になるんですよね」

Nくんは寂しそうに笑っていた。

確かに、おとなは「三年」をひとまとめに俯瞰できても、学年で区切られる大学生にとっての「三年」は、やはり「一年」「一年」「一年」の積み重ねなのだ。四年制の大学では、まだぎりぎり、Nくんのように「いままで」を知っている学年が残っている、しかし、高校や中学校には、もはや「いままで」を知っている生徒はいない。「三年」というのは、若い世代にとっては「すべて」と同義でもあるのだ。

中学、高校、そして大学……ざっくりまとめて「若い連中」の、部活やサークルやクラス単位の文化祭など、学校をまとまりにしたカルチャーは、どうなってしまうのか。なにが断ち切られ、なにが残るのか。

コロナ以前を知っている教師がつなげばいい、というものではあるまい。

彼ら自身がなにかを断ち切り、なにかを残し、切りたくないものとやむなく別れ、残したくないものを心ならずも受け容《い》れながら、その先のことは後輩たちに委《ゆだ》ねる——いや、信じるしかない。

大変だなあ、とは思う。けれど、同時に、いいなあ、とも思う。

僕自身は、そういう先輩後輩や伝統といったものがどうにもうっとうしくて、逃げつづけてきたのだが、Nくんをはじめ、サークルでがんばっている学生を見ていると、「後輩」とは「未来」でもあるんだな、と実感する（もちろん、教師にとっては「教え子」だって「未来」そのものなんだけど……照れくさいから本人たちには言いません）。

新型コロナという分水嶺《ぶんすいれい》を経て、さまざまなものがどう変わるのか。二〇二五年に教員の任期が切れる僕には、その変化の全体像を見ることは叶わないが、後輩たちに「未来」を託して学《まな》び舎《や》を巣立つ先輩たちの思いは目の当《まあ》たりにできる。オレは幸せな立ち位置にいるんだなあ、と素直に、本気で、思っている。

さて、テレビのニュースで毎度おなじみのテンプレが次に繰り広げられるのは、八月の旧盆の帰省ラッシュだろうか。

のんきで朗らかなニュースがたくさん報じられるといい。新型コロナ、その頃にはどうなっているかな。ウクライナには平和が戻っているだろうか。

アナウンサーの皆さん、どうせ泣くなら、そのときに喜びの涙を流しておくれよ。喜びは、悲しみに支えられている。

しんどい思いをしながらニュースを伝えてきた皆さんは、きっと、最高の笑顔を浮かべて、最高の涙を流してくれるはずだから。

*

二〇二二年五月十日、東京の日の出時刻・午前四時四十一分――。

第六回　僕は「戦後」に生まれた。きみは——？

新型コロナ禍ですっかりごぶさたになってしまったが、それまではときどき、ゼミの学生諸君とメシを食い、酒を飲んでいた。

四十年近い歳の差があると、酒の飲み方について「最近はこうなのか？」と驚いたり戸惑ったりすることは少なくない。

新型コロナ禍のブランクを考えると、もしかしたら、これから語る「コロナ前」の学生気質は若干古いものになっているかもしれないのだが——。

たとえば、飲み放題。幹事の学生が「宴会セットに飲み放題を付けました」と報告に来ると、僕はつい力んでしまう。飲み放題となれば、まずはなにより元を取らなくてはならないし、そのあとは制限時間が来るまで、肝臓と膀胱《ぼうこう》の都合が許すかぎり、一杯でも、一口でも、一滴でも多く飲みたいではないか。

ところが、学生たちは違う。おしゃべりに興じ、揚げ物をバクバク食べながら、マイペースでグラスやジョッキを口に運ぶのだ。一杯目のカシスオレンジがいつまでも卓上に残っている学生もいるし、食べることにすっかり夢中になって、たまーに、思いだしたようにしか酒に手を伸ばさない学生もいる。ノンアルコールも数名、もともと体質が合わないだけでなく、「飲めるけど、今日はコーラでいいや」という学生も少なくない。

もちろん、まったく問題なし。それでいいのである。アルコール・ハラスメント、だめ、絶対。

ただ、この飲み方だと、せっかくの飲み放題なのに、あまりメリットがないんじゃないか——？

そう思って、学生の一人に訊いてみると、答えは「だって計算が簡単じゃないですか」。さらに隣の学生は「幹事もゆっくり飲めるし」とも言った。

一瞬きょとんとしたあと、ああそうか、と腑《ふ》に落ちた。要するにサブスクと同じ発想なのだ。飲み放題に「定額」を補って、「定額飲み放題」——その重心は、「飲み放題」よりも「定額」のほうにある。料理は宴会セットで定額、酒やソフトドリンクも飲み放題で定額なら、精算のときに「調子に乗って飲みすぎたかな」とドキドキせずにすむし、幹事も先に集金して心置きなく飲み会を愉しむことができる。なるほど、飲み放題にはそんな使い方もあるのか。虚を衝《つ》かれた思いだった。考えてみればあたりまえのことなのに、オレ、よっぽど「放題」しか見てなかったんだな……。

もちろん、学生たちも「放題」を無視しているわけではない。実際、これがスイーツや焼肉なら、みんながんばって食べるらしい。だが、酒は酔っぱらう。もともとアルコールに弱い体質の人もいるし、適量を超えると、当日も翌日も大変なことになってしまうので、「放題」とはいっても、おのずと限度が生まれるわけだ。

「そんなに無理しなくてもいいんじゃないですか?」

確かにそのとおりなのだ。元を取ることやお得感を増やすことが最優先になってしまうのは、まさに本末転倒ではないか。

「せんせー、貧乏性ッスねえ」

ほっといてくれ。

……新型コロナ禍の前の、そんなささやかなエピソードを、最近になってあらためて思いだす。

あのときは、還暦間近のいい歳をして「放題」に平常心を失ってしまうオノレを恥じたのだ。年甲斐《としがい》もなく、なにやってんだか、と自分にあきれたのだ。

だが、いまは、ちょっと別のことを思っている。

自分のセコい貧乏性は、年甲斐もなく……というより、むしろ逆、この歳、この世代だからこそ、なのかもしれない。

＊

この春から、岡山県にある実家の片付けを続けている。すると、ウチのおふくろは几帳面《きちょうめん》で物持ちのいい性格なので、「捨ててなかったの？」「こんなの、まだ持ってたの？」と驚くようなモノがどんどん出てきた。

小学生のときの作文（われながら上手《うま》いんだ）とか、中学時代に学校に提出していた日記帳（学校に文句ばかり言ってる）とか、拙作『きよしこ』で描いた吃音の小学生向けサマースクールのテキスト（一九七〇年代初期の吃音に対する偏見まみれだよ）とか……。

そんな「再会グッズ」の中に、母子手帳があった。それによると、僕は一九六三（昭和三十八）年三月六日の午前二時一〇分に生まれた。出産予定日は三月十五日だった。出生時の体重は二千六百グラムで身長は五十センチ、黄疸《おうだん》が少し出ていたらしい。

予防接種の接種済証がたくさん貼《は》られた手帳をぱらぱらめくっていたら、備考メモのページに、こんなことが書いてあった。

〈38年2月26日　ユニセフミルク１１２０g配給済〉
〈38年3月27日　ユニセフミルク１２４０g配給済〉

ユニセフ――。

飢餓や戦乱で苦しむ子どもたちの支援などで知られる、国連の補助機関である。正式名称は国際連合児童基金。もともとは、第二次世界大戦後に子どもたちへの緊急援助をおこなうための組織で、日本は最も主要な被援助国として、一九四九（昭和二十四）年から一九六四（昭和三十九）年まで、脱脂粉乳や医薬品などの援助を受けていた。

母子手帳に記されていたミルクの配給記録も、その援助の一環だったのだ。細かく言えば、日付と脱脂粉乳の分量は手書きで、〈ユニセフミルク　g配給済〉はスタンプだった。システムに組み込まれているというか、当時の赤ちゃんはみんなユニセフのミルクを飲んでいた、ということなのだろう。

母子手帳を閉じたあと、深々とため息をついた。「いやー、まいったなあ……」と、つぶやきも漏れた。ユニセフによる援助が自分の生まれた翌年まで続いていたことは、知識として知っていたが、こうして〈ユニセフミルク〉という文字列を目の当たりにすると、あらためて、自分は戦後――敗戦後の子どもなんだなあ、と痛感する。国際社会の援助を受けて大きくなったんだなあ。感慨とも負い目とも感謝ともつかない感情が胸に湧《わ》く。

僕の手許にある最も幼い頃の写真は、生後二週間あたりに撮ったものだった。おふくろのおっぱいを吸っているモノクロ写真の自分が、アフリカの痩《や》せた子どもたちの姿や、祖国から避難したウクライナの子どもたちの姿と――重なり合う、とまでは言わない。ただ、ずいぶん間隔が空いていても隣り合っている、遠い遠いお隣さんなんだろうな、とは思うのだ。

自分の生きてきた時代が「歴史」になっていくのを最も強く実感するのは、子どもの頃に好きだったクリエイターやエンターテイナー、アスリートが亡《な》くなったときだろう。

特に最近はマンガ家の大御所の訃報《ふほう》に接することが増えた。さいとう・たかをさん、藤子不二雄Ⓐさん、そして水島新司さん……。

今年一月、水島新司さんの訃報に接したあと、我が家にある『ドカベン』や『あぶさん』などの作品をあらためて読み返した。

やっぱり水島さんの野球ドラマは面白い。それはもう、読む前からわかっていることだったのだが、アラ還になって再読すると、作品の別の魅力も見えてきた。

『ドカベン』でも『あぶさん』でも『野球狂の詩《うた》』でも……水島新司さんは、ずっと、貧しさを描いていた。

『ドカベン』の山田太郎には両親がいない。畳職人のおじいさんが長屋で太郎と妹を育てていて、高校進学さえ危ぶまれていた。相棒の里中もシングルマザーで病弱な母親を楽にするためにプロ野球に進む。『あぶさん』の行きつけの大衆酒場『大虎《おおとら》』には、シャツやズボンにツギを当てた常連客がたむろして、べろんべろんになるまでツケで飲み……あぶさんが活躍した昭和のパ・リーグじたい、華やかなセ・リーグに比べて、やはり貧しかったのだ。

ここはマンガのディテールを深掘りする場ではないので、作品の内容については「まあとにかく読んでみてよ。オレの言いたいこと、すぐにわかるから」で終えておく。

本題は、ここから——。

貧しさを描いてきた水島新司さんの代表作には、共通した名前のヒロインが登場する。『ドカベン』の山田太郎の妹・サチ子と、『あぶさん』の景浦《かげうら》安武《やすたけ》の奥さん（そして『大虎』の看板娘）・サチ子である。

ただの偶然ではないだろう。先生にとって「サチ子」という名前には特別の思い入れがあったはずである。

いや、その思い入れは水島さんだけのものではないのかもしれない。

少年時代の僕が……いや、いまなお一番好きなマンガ家が、ちばてつやさんである（どうか、先生はずっと長生きしてください）。ちばさんもまた、貧しさをきめ細やかに、優しく描きつづけてきた。そんなちば作品を代表する『あしたのジョー』(原作・高森朝雄)に登場する、ちっちゃなヒロイン——ジョーを慕うドヤ街の子どもたちの紅一点が、サチなのだ。

二人のサチ子と、一人のサチ。

漢字で書くなら、おそらく三人の「サチ」はすべて「幸」だろう。勝手に決めつけて申し訳ない。佐知さん、佐智さん、沙智さん……皆さん、ごめんなさい。

でも、水島新司さんもちばてつやさんも一九三九(昭和十四)年生まれの同い年——敗戦を六歳で迎え、戦後ニッポンの貧しさとともに少年時代や青春時代を生きてきた二人なのだ。そんな両先生がヒロインに託したものとして、やはり「サチ」は「幸」、幸せ以外にはないはずだ。

じゃあ——と、自問する。

おまえは、いつか自分の書くお話に「サチ」や「サチ子」という名のヒロインを登場させるのか?

無理だな、と認める。令和の感覚では古風すぎるというリアルな問題を超えて、ヒロインや主要な登場人物のネーミングに「幸」を背負わせるには、僕自身の覚悟が足りない。幸せとはなにかと訊かれると、うーん、と考え込んだきり答えられない。そんな自分には、サチ子／幸子のような直球ど真ん中の名前は、まだ荷が重すぎる。

ナイショ話をしておくと、二十五年前に書いた『エイジ』というお話も、「いつかエイジ（＝age）という名の主人公が出てくるお話を書いてみよう」と思ってから、実際に書きだすまで、けっこう――二年や三年ではきかないほどの時間がかかった。ストーリーではなく、「世代」を自分なりに咀嚼《そしゃく》するために、それだけの時間が必要だったのだ。ほんと、不器用で才能のないヤツでしょ。

でも、だからこそ、いつか「幸子」というヒロインが登場するお話を発表したら、乞《こ》うご期待。そのときには、シゲマツ、「幸せとは――」の自分なりの答えを見つけているはずだ。

そして、じつは、母子手帳に記された〈ユニセフミルク〉に大きなヒントをもらった気がしているのだ。

オレ、やっぱり「戦後」の貧しい時代に生まれたんだな。

じゃあ、貧しさとは――。

ならば、幸せとは――。

何年かかるかわからないけど、気長に覚えておいてもらえると、うれしい。

*

ゼミ生のTさんは、ミャンマーの大学生とオンラインでつながっている。

政情が不安なミャンマーでは、大学生もキャンパスライフを奪われている。Tさんの友人も二年間大学に通えず、夜になると自宅にいても銃声が聞こえるのだという。

その友人からひさしぶりに連絡を受けたTさんは、無事だということに安堵しながらも、最近はロシアとウクライナの情勢を追うのに手一杯で、ミャンマーについての関心が薄れていたことを反省していた。

確かにそうだ。「戦中」を生きている異国の若者は、僕たちがざっくりと想像するより、はるかに多い。

だからこそ、Tさんをはじめ、いまハタチ過ぎのゼミ生の諸君に、質問させてくれ。

きみたちは「戦後のおしまい」の世代なのかな？

それとも、「戦前のはじまり」の世代になってしまうのかな——。

そういう話も、いつか、コロナが落ち着いて飲み会が自由にできるようになったら、ぜひ、やりたいね。酒の勢いを借りつつ、でも真剣に。オレが「飲み放題」で平常心を失いそうになったら、「貧乏性！」と叱ってください。

＊

二〇二二年六月十五日、東京の日の出時刻・午前四時二十五分——。

第七回　しっかり、令和ちゃん

三年ほど前に、「令和ちゃん」という少女キャラが話題になった。

元号が平成から切り替わった直後の二〇一九年五月、季節はずれの暑さが続いたときに、「まだいろいろなことに不慣れな令和ちゃんが、気温を上げすぎてしまった」という設定のキャラ絵がＳＮＳに多数投稿されたのだ。

「みんなちゅかれてう（疲れてる）から、はやくなちゅやしゅみ（夏休み）にしてあげようと思って」と泣きながら訴える令和ちゃんや、「さん（3）とろく（6）がすち（好き）！」とエアコンの設定温度を三十六度にしてしまう令和ちゃん、イケメンの平成おにいさんに褒められたくて気温をどんどん上げてしまう令和ちゃん……。

いまにして思うと、二〇一九年の初夏、まだまだニッポンは穏やかで、のんきだったのだろう。

もちろん（という言葉をつかってしまうのは悔しいけれど）、自然災害や深刻な事故、凄惨な事件がないわけではなかった。

平成が残り二週間足らずになった四月十九日には、東京・池袋で高齢者の運転する自動車が暴走して母親と幼い子どもの命を奪った事故が起きた。令和が始まって一ヶ月になろうとする五月二十八日には、川崎市でスクールバスを待っていた小学生たちが通り魔に襲われ、死者二名、重軽傷者十八名に及んだ。さらに、季節が夏に変わった七月十八日には、三十六人が死亡して三十三人が重軽傷を負った京都アニメーション放火殺人事件も起きている。

しげゼミが夏休みに二泊三日の合宿をした千葉県の房総半島は、僕たちが帰京した数日後の九月九日に、台風の直撃をくらって甚大《じんだい》な被害を受けてしまった。レンタサイクルでフィールドワークをした安房鴨川《あわかもがわ》の国道が倒木などで通行不能になった光景をニュースで目にして、ゼミ一同、言葉を失ったものだった。

それでも、二〇一九年――令和元年は、まだマスクなしで街を歩けたのだ。グータッチや肘《ひじ》タッチではなく、ハグができたのだ。

オリンピックを翌年に控え、令和という新しい時代の始まりにわくわくしながら（昭和から平成に変わったときとは違って、今回の改元には「喪」がなかったものね）……政治や世の中に対する不満がないわけではなくても、「まあ、それはそれとして」と切り換えて前を向く程度の余裕はあった。改元直後の「令和ちゃん祭り」はその象徴だったようにも思うのだ。

だけどね。

令和ちゃん、きみはもう四歳になったんだよ。そろそろ気温の調節法を覚えてもいいんじゃないかな。

いまは梅雨なの。猛暑日が続くような時季じゃないの。梅雨の頃っていうのは、もっと、こう、しっとりしてるの。蒸し暑くても朝夕は半袖《はんそで》だと肌寒かったりして、雨の夜の燗酒《かんざけ》もあんがいオツなもので……え？　梅雨明けしちゃったの？　もう？

夏場の水不足、だいじょうぶなのか……。

記録的な猛暑に見舞われた六月終わりから七月アタマにかけて、そんなことをぼやきながら日々を過ごしていた。

じつは去年やおとおとしも思っていたのだが、最近どうも春と秋が短くなった。冬の寒さや夏の暑さが和らいだ「ちょうどいい頃」が、あっというまに終わってしまう。

令和ちゃんは、なにごとも中途半端《はんぱ》が嫌いで、白黒をはっきりつけないと気がすまないキツめの性格なのだろうか。災害、上等――迷惑なヤンキーである。

確かに近年の気候は荒れている。「数十年に一度」が毎年のように訪れる。雨が降ったら水害、風が吹いたら暴風、雪が降ったら豪雪、天気が良ければ猛暑日だし、一天にわかにかき曇ると、たちまちヒョウにカミナリ火事親父《おやじ》……ちょっと違った。

とにかく極端なのだ。

日本語にはせっかく「しとしと」「そよそよ」「しんしん」「さんさん」という素敵な言葉があるのに、令和ちゃんはそれらをまとめて死語にしようというのか。

「雨がドバーッと降って、風がビューーッと吹いて、雪がドカーッと積もって、お日さんが、もう、ギンギンギラギラでかなわんなあ」

令和ちゃん、きみ、大阪の人？

しかも、どうやら令和ちゃんが不得手なのは気温の調節だけではないようだ。

歴史がよくわかっていない。

「現在」と「過去」と「未来」を、すぐに混同してしまう。

ロシアによるウクライナへの軍事侵攻――領土を奪うための地上戦なんて、第一次世界大戦の時代に戻ってしまったみたいだ。

ロシアは外国だから元号は関係ないだろう、って？

じゃあ、こちらはどうだ。

七月八日、安倍晋三元首相が銃撃されて死亡した。首相を長きにわたってつとめた超大物の政治家が、白昼堂々、衆人環視のもとで命を奪われるなんて……ほんとに、いったい、いつの時代の話なんだよ……。

いや実際、令和ちゃんならずとも、ニュースの「現在」「過去」「未来」がひどく混乱しているように思えてならない。

平成になって間もない頃の湾岸戦争を伝える映像は、一方的に攻撃する多国籍軍の視点のものがほとんどで、空爆の映像はテレビゲームにも譬《たと》えられるほど現実味が薄かった。

あれから三十年以上の歳月が流れ、ロシアの蛮行は、ウクライナの一般市民のSNSで報じられるようになった。ロシア軍の侵攻や街が破壊される様子もまた、衛星画像によって逐一知らされる。

　湾岸戦争の当時から見れば、ツールは確かに「未来」である。しかし、そのツールが伝えるものは、モノクロのフィルムで撮影された昭和初期のニュース映画（甲高い一本調子のナレーション付き）のほうがよほど似合いそうな、独裁者の領土拡大の野心と、非人道的な破壊や略奪……。

　安倍元首相の事件もそうだ。サイバーテロの時代、首脳のオンライン会談があたりまえになった時代に、地方都市の駅前で演説をしていた元首相の命が、手製の銃で奪われてしまったのだ。

　何十年か先に、事件の映像だけを若い世代に見せて「これ、いつの出来事だと思う？」と訊いたら、どんな答えが返ってくるだろう。二〇二二年よりもずーっと昔の事件だと思われてしまいそうな気がする。いくつかの事件を同じように紹介して、「時系列で並べてみて」と言うと、それこそ、平成や……もしかしたら昭和の事件と隣り合うことだって、ありうるのではないか？

　そのズレというか、アンバランスなところが、どうにも頭をクラクラさせてしまうのだ。

七月八日の事件には、ゼミの学生たちも激しく動揺していた。

三年生のIくんは、NHKの『映像の世紀』で観るような映像がリアルタイムのニュースで流れていることに衝撃を受けたという。さらにそこから、自分たちはいま、未来の『映像の世紀』に出てくる場面に立ち会っているのではないか……とも。

四年生のMさんは、ツイッターのトレンドに挙がった〈#安倍晋三〉に〈このトレンドには、刺激の強いコンテンツが含まれている恐れがあります〉という注意書きが添えられていたことが忘れられないらしい。

しつこい新型コロナ禍に、ロシアによるウクライナ軍事侵攻、そして元首相が銃で撃たれて殺される……。

令和四年は、まだようやく折り返し点を過ぎたばかりなのだが。

＊

私事を一つ。

この六月、朝の習慣を変えた。

二〇一六年と翌一七年に、二度にわたる入院治療をおこなった心臓が、また不穏な動きを見せはじめたのである。

動悸《どうき》や胸の圧迫感、目まいといった自覚症状があるのは当然キツいが、なにごともないかと思っているときに、心臓の動きを常時モニターしているスマートウォッチが不意にブルブルッと震えて異変を伝えるのも、二重の意味で心臓に悪い。

異変を誘発する主な因子は、煙草と酒と睡眠不足とストレスらしい。さらに、カフェインを控えるように、と説く専門家もいる。煙草は十年前にやめている。ならば、とカフェインに気をつけることにした（その前にお酒でしょ、とは言わないでね）。心臓の具合がおかしくなるのは午前中が多いので、起き抜けのコーヒーをやめたのだ。

いままではエスプレッソなみに濃く淹《い》れたコーヒーをマグカップでがぶ飲みすることで眠気を振り払っていたのだが、それをノンカフェインのハーブティーに変えた。ルイボスと黒豆に始まって、最近はレモングラス＆ジンジャーがお気に入りである。

寝起きのぼーっとした頭をしゃんとさせるコーヒーの苦みを懐かしみつつ、逆に、しゃんとしすぎない状態も悪くないのかな、とも思う。

朝イチの仕事の「おとも」がコーヒーからハーブティーになって、文章にどんな影響が出るのか、自分ではまだわからない。そもそも、そんなデリケートなものでもないだろうという気がしないでもないのだが、とにかくこの原稿はハーブティーを啜りながら書いていて、もうすぐ終わるところだ。

デュアルモニターの片側には、令和ちゃんの画像がどーんと表示されている。

令和ちゃん、きみがデビューしてから、ほんとうにいろんなことが起きてるよ。残念ながら、いまのところは楽しくないことのほうが多いようだ。

でも、さすがにもう、そろそろ慣れただろう？　六月は猛暑の季節じゃないんだよ。梅雨明けの夕立も、川が氾濫するほど降っちゃだめなの。ついでに言っておくと、七月後半と八月、最高気温は三十度台前半にとどめておくということで、ひとつ、よろしく。

そして、先輩たちから渡されたバトンは決して落とさずに。

暴力で現実を変えようとするのは間違っていると、昭和さんは若い頃にずいぶん痛い目に遭って学んできたし、平成さんも、ときどき迷走しつつも戦争は起こさなかった。
それをどうか、忘れないで。
しっかり、令和ちゃん。

＊

二〇二二年七月十四日、東京の日の出時刻・午前四時三十六分——。

第八回　夜のなかを歩みとおすときに……

岡山に来ている。

ホテルの一室で、夜明けを迎えつつあるところだ。

岡山は東京より六百五十キロ以上も西に位置しているので、日の出が遅い。この時季なら三十分近い差がある。東京で夜が明ける前に目が覚めてしまうのと時刻はほとんど同じでも、カーテンを開けると、窓の外はまだ暗い。実感としては、夜が明ける前ではなく深夜の終わりだろうか。

春先から月に一度のペースで岡山に通っている。駅前のホテルもすっかり定宿になった。

岡山は僕の本籍地である。略歴ふうに言えば「岡山県生まれ」「岡山県出身」となるだろう。出生地は、岡山市内から車で一時間半ほど北上した久米《くめ》郡久米町（現在は市町村合併により津山市になった）――「生まれ故郷」は、間違いなくこの町である。しかし、「ふるさと」と呼ぶことには、若干のためらいがある。

父親の仕事の都合で大阪や名古屋や鳥取県や山口県を転々として、大学入学を機に上京した僕にとって、久米町はあくまでも「夏休みと年末年始の数日間を過ごす町」であり、実家も「おじいちゃんとおばあちゃんの家」という位置付けだった。代替わりをして「親父とおふくろの家」になってからも、よそよそしい距離を縮めることはできなかった。なにしろ五十九年と五ヶ月生きてきたうち、実家に寝泊まりした日数は合計しても一年に満たないのだから。

その実家を「しまう」――処分するために足しげく帰省している、というわけなのだ。

ゆうべは津山市で懐かしい友人と会ってメシを食った。

大学時代に同じクラスだったSくんである。

Sくんは岡山県津山市の出身で、大学卒業後は地元で高校教師になり、いまは県立高校の校長先生である。偉いのだ。そして、実家じまいにあたっては、Sくんにひとかたならぬお世話になっているのだ。

今年二月、僕は途方に暮れていた。

実家じまいを決めたものの、津山市や旧・久米町が「生まれ故郷」ではあっても「ふるさと」ではない僕には、地縁がまったくない。要するに知り合いがいない。司法書士、土地家屋調査士、不動産会社、空き家管理の業者、廃棄物処分の業者、修繕工事の業者、草刈りや山林伐採の業者……どこからどう手を付ければいいのか。当てずっぽうで電話する？　いや、しかし、それはちょっと……。

そんなとき、Sくんの顔が浮かんだ。

すぐさま、いやいやいや、違うだろ、と振り払って消した。

大学卒業後に顔を合わせたことは何度かあった。しかし、付き合いが続いているとは言いづらい。思い出話や近況を語り合ったことは、大学卒業以来四十年近く、一度もなかった。そんな相手にいきなり連絡をして「実家を処分したいんだけど、誰か紹介してもらえないか」とお願いするのは、いくらなんでも図々《ずうずう》しい話ではないか。

それでも、背に腹は代えられない。恥を忍び、「非常識だろ」とケンもホロロに断られるのも覚悟してメールを送ってみた。

すると、Sくんは驚くほど親身になって話を聞いてくれて、すぐさま、かつての教え子だという司法書士のM先生を紹介してくれた。Sくんが「信頼のおける男だから」と太鼓判を捺《お》した四十代半ばのM先生は、確かに誠実が服を着て歩いているような人だった。そのM先生から旧知の不動産会社を紹介され、そこからは空き家の管理や草刈り、さらに売却のための修繕工事の段取りまで話がどんどん進んで、一ヶ月もしないうちに、『チーム・シゲマツ』の陣容が固まったのだ。

むろん、ここからが大変だというのは、よーくわかっている。

だが、人並みはずれてセッカチな性分の僕にとって、こういう展開はほんとうにありがたい話だし、すべての始まりとなったSくんにはいくら感謝しても足りない。

ゆうべは、その思いを伝えたくて、Sくんと奥さん、そしてM先生を招待しての暑気払いの席を設けたのだ。

いやー、楽しかったなあ。

世話になったから、というのではなく、二人して思いだすままに語る学生時代の話の一つひとつが愛《いと》おしい。それ以上に、卒業後のSくんの、高校の国語教師としてのエピソードがよかった。それまで疎遠《そえん》だったからこそ、すべてが初めて聞く話ばかりで、ひたすら新鮮だった。「へえ、そうだったのかあ」「そんなことがあったの?」と、いちいちびっくりして、思わず拍手したりして……。

お互いに、それぞれの道があったのだ。Sくんの歩んできた道があり、僕が進んだ道がある。二本の道は、交わることなく延びていた。僕は商売柄「オレ、いまここにいるからな」「オレの現在地はここだぞ」といちいちアナウンスしているのだが、Sくんはそんな品のないことはしない。ただ黙々と——もしかしたらM先生たち教え子には静かに語りかけていたかもしれないけれど、自分の道を歩きつづけたのだろう。

そして、その道は、もうすぐ大きな区切りを迎える。

一九六三年一月生まれのSくんは、来年三月の年度末で定年退職する。

同じ年の三月に生まれた僕だって、物書きというフリーランスの仕事に就いていなければ、定年へのカウントダウンがそろそろ「6、5、4……」あたりだろう。

思えば遠く来たものだ。十八歳の頃、初対面のオレたちは吉田拓郎の話で盛り上がったんだよなあ。拓郎も現役を退くんだってさ。

大学を卒業してから定年を迎えるまでの歳月、こまめに連絡を取り合っていれば、もっと楽しかったかな――と悔やむ一方で、いやいや、違うぜ、逆だよ、音信不通だったからこそよかったんじゃないか、とも思うのだ。
そのあたりのココロの機微は、いつかフィクションのお話で書きたい。こうやって「再会の物語」のタネがまた一つ、胸の奥に蒔《ま》かれた。小さな花が咲くといいな。

*

前夜の宴《うたげ》の楽しさには、伏線がある。

七月下旬に終わった春学期のゼミをめぐって、とてもうれしいことがあった。

映画館でアルバイトをしている三年生のTさんの話である。

その日、窓口にいたTさんのもとに男女二人組のお客さんがやって来た。お目当ての韓国映画『モガディシュ』が満席だったので、別の作品を観ることにしたらしい。

「この時間から観られる作品はどんなものがありますか?」

相談されたTさんは、『モガディシュ』とほぼ同じ時間帯に上映される『PLAN75』を薦めた。すると、女性が「日本の映画かあ……」とためらった。Tさんは早合点して「洋画がお好きなんですか？」と訊いたのだが、そうではなかった。女性が教えてくれた。男性は耳が聞こえづらいので、字幕付きでないと映画を愉しめないのだ。確かに、男性の耳には補聴器がついていた。言われて初めてそれに気づいた。

Tさんは、あらためて二人に字幕付きの作品を薦めたあと、反省したらしい。ゼミで勉強したことを活《い》かせなかった——。

じつはその前々日のゼミで、Tさんは期末の個人課題を発表していた。ゼミではメンバーの問題意識に従って、硬軟取り混ぜた、さまざまなテーマでの発表がある。部活の功罪についてのアンケート調査、反ワクチンの情報を発信する人へのオンライン取材、ポリアモリーの当事者との対話、動物の多頭飼育崩壊の調査、教育実習体験記とICT教育の実状レポート、防災とデザインの関係の考察、自治体の空き家活用例……。

Tさんが取り組んだのは、聴覚障害や手話をめぐる問題だった。この六月に成立したばかりの東京都手話言語条例を入り口に、耳の不自由な学生へのオンライン授業の課題や、ウクライナから避難してきた聴覚障害者をめぐる問題、さらには手話を共通言語にしたサイニングストアに出かけた報告など、とても充実した発表をしてくれた。

だからこそ、灯台もと暗しというか、実際に聴覚障害を持つ人と自分が出会う想像が欠けていたことを反省していたのだ。

その反省は大切にしてほしい（ちょっと自分に厳しすぎる気もするけどね）。

しかし、Tさんの発表は、他のゼミ生にも大きな刺激を与えてくれたようだ。

後日、四年生のKさんが教えてくれた。テレビやスマホで映画を観るときには台詞を聞き取るのが苦手だというKさんは、Tさんの発表で「邦画にも字幕があると助かる人がたくさんいるんじゃないか」と興味を持ち、さっそく各動画配信サイトの字幕付き邦画の数を調べてみたのだ。

Kさんは、もちろん、Tさんの映画館での一件は知らない。だが、Tさんの発表から生まれたKさんの興味や問題意識は、図らずもTさんの体験と重なり合ったのだ。

そうかそうか、よし、いいぞ。Kさんの話を聞いて、思わずガッツポーズが出た。誰かの投げかけた問いが、別の誰かの胸に届いて、響く。これこそが、ゼミの——

つまり同じ教室で同じ時間を過ごす仲間がいることの醍醐味ではないか。

Tさんから問いのバトンを受け取ったKさん自身は、春学期を通じて、さまざまな「グレーゾーン」について論じてきた。こちらもいいテーマだ。Kさんの発表を聞いて刺激を受けたゼミ生は間違いなくいるはずだし、さらにそのゼミ生の問いが、別の誰かの胸の奥で響いてくれたら、ほんとうにうれしい。

座右の銘なんていう洒落《しゃれ》たものは持たずに生きてきたが、ニワカ教師の仕事を引き受けるときに、一つの言葉を自分にとっての重石にしよう、と決めた。

ナチズムに抗した思想家ヴァルター・ベンヤミンが友人に宛《あ》てた手紙に記した言葉である。

〈夜のなかを歩みとおすときに助けになるものは橋でも翼でもなく、友の足音だ〉

新型コロナにロシアのウクライナ軍事侵攻、大物政治家の銃撃殺害事件、政治と宗教の問題、「無敵の人」の自暴自棄の犯罪、自然災害、ネットの悪意……。

ずいぶん暗い世相になってしまった。ゼミ生たちは手探りで日々を生きて、前に進まなくてはならない。

教師として助言は惜しまないつもりでも、やはり、それよりも大切なのは、闇《やみ》の中で聞こえる友の足音――。

Kさんは、Tさんの足音を確かに聞いた。Kさんの足音も誰かに届き、誰かの励みになっているだろう。たとえ僕の目には触れなくても、同じことは他のメンバー同士でも、たくさん……と胸を張って信じていられるのが、ゼミの教師としての、ささやかな(でもかなり深くて熱い)誇りなのである。

＊

Sくんとの再会は、お互いの足音を確認しあう機会でもあった。

「シゲマツ、心臓悪いんだってな。オレは潰瘍《かいよう》性大腸炎でさ」「オレ、最近は心臓だけじゃないんだ。去年、大腸憩室出血で二回も入院しちゃったんだよね」

「定年後は悠々自適のつもりだったけど、生活もあるしなあ」「オレだってフリーだから年金がほとんどなくて大変だよ」

「若手とは職場でうまくやれてる?」「どうかなあ。そっちは?」「うーん」「うーん」「まあ、いろいろあるよなあ」「うん、そうなんだよ、な」……。

まったくもって、さえない足音である。

それでも、今日からまた、自分自身の夜のなかを歩いていこう。

お互いの道が交わることはなくても、二本の道は意外と決して遠くはない――足音が聞こえる程度には近いんだと思うぜ、オレ。

＊

二〇二二年八月九日、東京の日の出時刻・午前四時五十五分――。

同年同月同日、岡山の日の出時刻・午前五時二十分――。

第九回　♪だって昔はそうだったんだもん

出るだろうなあ、と思っていたら、やっぱり出た。

お化けやお通じや政治家のスキャンダルの話ではない。プロ野球——東京ヤクルトスワローズの主砲・村上宗隆《むねたか》選手にまつわる「出る」である。

ホームランが出る、ヒットが出る、塁に出る、新記録が出る、思わず感嘆のため息が出る……そういう種類の「出る」は、いまさらここで言うまでもない。

現役時代の長嶋茂雄さんにぎりぎり間に合ったアラ還のシゲマツ、去年の東京五輪あたりから、村上選手にすっかり夢中なのである。スワローズの試合の中継を探してBSやCSの番組表を毎日チェックして、村上選手の打席になると仕事を投げ出してテレビの画面にじっと見入る。

打った瞬間にそれとわかるホームランの瞬間ももちろんいいのだが、僕の一番のお目当ては、左打席でバットを構える村上選手の顔をカメラがアップでとらえる瞬間である。いい目つきしてるよなあ、といつも思う。不敵な面構《つらがま》えに鋭い眼光である。目深にかぶったヘルメットが、戦国武将のかぶる兜《かぶと》にも見えてくる。大河ドラマに出ても十二分にやっていけるのではないか（出身地・熊本の城主だった加藤清正なんていかがでしょう）。

いや、そんな僕の個人的な思い入れなどどうでもいいぐらい、村上選手がプロ野球史に残る大活躍をしているのは間違いない。

だからこそ、シーズン終盤の九月に入り、三冠王がほぼ確実になって、さらに年間本塁打数も王貞治さんの記録更新が話題になりはじめたあたりから、「そろそろ出るだろうなあ」と思っていたのだ。

なにが――？

「オレなら村上選手をこうやって抑える」という往年の名選手たちのコメントである。

さらには「いまどきのピッチャーは……」「ワシらの時代は……」という、昭和や平成のレジェンドたちの苦言である。

予想どおり、出た。

コメントや苦言の中身も予想どおり。

それを思いきり乱暴にまとめてしまうなら、こうなるだろう。カッコの中は、ムード歌謡の、たとえば純烈のコーラスのつもりで読んでもらいたい。

故意にぶつけろとは言わないが、よけなければ死球になるぞ、というエグい球を投げるべきである。そうすれば彼のバッティングも本来の感覚を失うはずだ——。

（♪だって昔はそうだったんだもん）

村上選手の調子をくずすために、もっといろいろ工夫して、彼の嫌がることをやるべきである——。

（♪だって昔はそうだったんだもん）

そもそも最近の選手は他のチームの選手と一緒に自主トレをしたり、試合前に気軽に話したりするが、真剣勝負をする相手とそういう付き合いをするのは甘すぎる——。

（♪だって昔はそうだったんだもん）

茶化して申し訳ない。

でも、笑ってツッコミを入れてはいけないのなら、申し訳ないけど、もっと言葉は強くなってしまう。

レジェンドの皆さん、あなたたちを支えてきた発想や価値観――「敵を倒す」という意識は、いまはもう、ずいぶん薄らいでいるのかもしれないよ。

レジェンドたちが言いたいことは、よくわかるのだ。

僕だって、さまざまなディテールを総取っ替えして微調整すれば、公私ともども、似たようなことを家族や仕事相手に言っているかもしれない（「学生にもだぞ、コラ」という声がゼミの教室から聞こえてきたような気がしました）。

そんな自戒も込めつつ、かつて僕の胸を熱くしてくれた名選手たちが、イキのいいヒーローとの対決を「調子をくずす」「ストレスを与える」「やりたいようにやらせない」という視点でしか見ていないのが、ちょっと寂しかったのである。

もちろん、あなたたちが現役に戻ったら、そうすればいい。でも、いま、現役でやっている若手たちに、あなたたちの声はどこまで通じるのかな……。

開会前から開会中、閉会から一年以上たったいまに至るまで、とにかく問題だらけの（まだ過去形にはできないね）東京オリンピックだが、後世に残る名場面を一つ挙げろと言われたら、僕なら、スケートボード女子パークで大技に挑んで失敗した岡本碧優《みすぐ》選手が、他国の選手たちに抱え上げられてチャレンジを讃《たた》えてもらった場面を挙げる。

どうせなら、もう一つ？　じゃあ、五輪に六大会出場を果たした男子板飛び込みの寺内健選手が最後の演技を終えたあと、他国の選手やコーチ陣から長年の活躍をねぎらう大きな拍手を受けた場面にしようか。

どちらも、ほんとうにすがすがしくて気持ちのいい光景だった。それが成立するのは、スケートボードも板飛び込みも「対決」型のスポーツではないからだろう。

格闘技は言わずもがな、球技でも野球やサッカーなど「対決」型のスポーツは、試合相手をつい「敵」と見なしてしまいがちだが、岡本選手や寺内選手とライバルたちとの関係は、少し違う。同じ大会に出場するライバルたちは、技の難度や美しさを競い合う相手ではあっても、直接戦って倒すべき「敵」ではない。むしろ、同じ競技を愛し、ともに各地の大会を転戦して、新たな技に挑む勇気や技を極めるまでの苦労をお互いにわかり合える――そんな「仲間」としての意識のほうが強いのではないか？

　僕は東京オリンピックの二つの名場面をそう解釈していて、だからこそ、後世に残るのではないかと考えているのだ。

「対決」型のスポーツの面白さは、もちろん認める。目の前の相手を倒すというシンプルな構図に、勝者と敗者の鮮やかなコントラストは、やっぱり魅力的だよなあ、と思う。

　当然そこには勝つためのさまざまな戦術が出てくるだろうし、「相手の調子をくずす」「ストレスを与える」「やりたいようにやらせない」というのが大事な戦術だというのもわかる。もっとも、よけなければ死球になるような、すなわち現実的に身の危険がある球で相手の調子をくずしてしまえというのは、さすがに戦術以前にいろいろ問題があるのではないか。「胸元ぎりぎりを狙って投げる」と「よけないと当たってしまうところを狙って投げる」は、やはり意味が違うと思うのだ（「プロはそこまで厳しいんだ、シロウトは黙ってろ」と言われれば、それまでなんだけどね）。

　ただ、前述したとおり、スポーツは「対決」型だけではない。スケートボードや板飛び込みにかぎらず、競い合いながらも直接には戦わない人気競技はたくさんある。羽生結弦《はにゅうゆづる》さんや浅田真央《まお》さんのフィギュアスケート、内村航平さんの体操、高梨沙羅選手のスキージャンプ、平野歩夢選手のスノーボード……などなど。陸上や水泳だってそうだ。

エクストリームというかアートというか、まとめて「ベストパフォーマンス」型とでも呼ぼうか。つまり、よりスゴいパフォーマンスを見せたほうが高い評価を受ける競技である。

これらの競技にも戦術や駆け引きはあるだろう。しかし、たとえA選手の勝利を願っていても「ライバルの調子をくずそう」「ライバルをケガをしそうな危ない目に遭わせればスランプに陥るのでは？」などという発想には決してならないはずだし、そんなことを解説者や評論家が口に出したら、スポーツマンシップに欠ける、競技に対する冒瀆《ぼうとく》である、と大炎上してしまうのではないか。なによりA選手自身が激怒するに違いない。

選手それぞれが最高の状態で競うからこそ、勝敗や順位の価値は高まるし、選手同士の敬意も生まれる。さらに称賛の声も、勝ち負けや順位の物差しだけでは測れない。「圧倒された」「世界で初めての技が生まれた瞬間に立ち会った」「美しさに涙が出てきた」という拍手喝采《かっさい》は、時として、勝者よりもむしろ敗者のほうにより大きく捧《ささ》げられたりもするのである。

いまはまだ、スポーツ界の主役はやはり野球やサッカーといった「対決」型で、「ベストパフォーマンス」型がメディアで大きく採りあげられるのは、オリンピックなどの期間限定にとどまっているのが実状だろう。

しかし、将来はどうか。動画配信スマホ視聴の時代には、試合時間が長い「対決」型よりも、すぐにスゴさがわかる「ベストパフォーマンス」型のほうが相性がよさそうな気がするし、それ以上に、ライバルとの勝負に対するメンタリティーが、「ベストパフォーマンス」型のほうに着実に寄りつつあるのではないか。

「危ない内角攻めで調子をくずした村上選手を抑えても、オレ、全然つまんないっスよ」

そう言い放って絶好調の村上選手に真っ向勝負を挑み、手痛いホームランを打たれた若いピッチャーの、悔しさと満足感の入り交じる表情、きっと、いい顔をしてると思うんだけどな。

*

「対決」型のスポーツは、どうしても相手を「敵」とみなしてしまいがちだが、「ベストパフォーマンス」型のスポーツにも「敵」はいないわけではない。ともに競い合うライバルよりも、はるかに大きくて強い「敵」——一方的で不公平なルール変更や、恣意《しい》的としか思えない用具・服装の規定違反の適用、納得のいかない採点基準などである。

これはほんとうに根が深く、理不尽さの度合いも大きい。競技によっては、ヨーロッパ対アジアのようなスケールにもなってしまうのだから。

でも、若い連中には、そういうものこそを「敵」としてほしい。むろん、なまなかには立ち向かえない大きな相手である。結局はオノレの無力さを嚙みしめるだけかもしれない。それでも、いいじゃないか。どうしようもない理不尽に対して悔しさや憤りを持つだけでも意味と意義がある。

手近なところに「敵」をつくるのは、「対決」ムードを盛り上げるには最高だけど、それはちょっと怖いことでもある。公平なルールのもとで勝ったり負けたりを繰り返す相手は、「敵」ではなくて、同じ競技の中の「良きライバル」であり、広い意味での「仲間」なのだと思うのだ。

いい勝負を見せてください。

村上選手と、各チームのエースたち、お互いのベストパフォーマンスで。

*

二〇二二年九月十九日、東京の日の出時刻・午前五時二十六分——。

第十回「伝わるよ、きっと」

『エマージェンシーコール～緊急通報指令室』というNHK総合の番組がある。アメリカの連続ドラマみたいなタイトルだが、こちらは、番組公式サイトの表現を借りると〈日本の今を描くノンフィクション〉——消防や救急の119番通報を受ける緊急通報指令室を舞台に、通報者とオペレーターの会話だけで構成された番組である。

オープニングとエンディングには〈プライバシー保護のため／通報は加工・吹替えし／内容を一部変更しています〉とあるので、純然たるノンフィクションかどうかについては異論も出るかもしれない。ドキュメンタリーと銘打たれていないのも、そのためだろうか。

それでも、ここに描かれているのは確かに〈日本の今〉なのだ。

番組はいままで二回オンエアされている。第一回は今年一月——僕はそれをたまたま視聴した。舞台は横浜市消防局。ひっきりなしにかかってくる緊急通報の切迫したSOS（中にはトンデモな電話もある。だが、根の深いSOSは、むしろそっちのほうかもしれない）の数々と、冷静沈着に対応するオペレーターの皆さんの姿に、すっかり引き込まれた。「さすがNHK、政治のニュースは最近どうにもナニがアレだけど、こういう切り口と粘り腰はみごとだよな」と感心しつつも、単発番組の扱いだったので、続編があるのかないのか、大いに気を揉《も》んでいたのだった。

九ヶ月後、待望の第二回が放送された。十月十日のことである。

今回は東京——都心の大手町にある総合指令室と立川市の多摩指令室が舞台だった。本連載はテレビ評ではないので細かい内容紹介は控えるが……いやあ、今度もまた、よかったなあ。やっぱりズシンと来た。SOSの内容の重さはもちろんのこと、オペレーターの皆さん（経験を積んだ二人と、この三月に指令室に配属になったばかりの一人）がいいんだ、すごく。

具体的に、どういうところが——？

まず、電話に応対しながら一点を見据える強いまなざしと表情が、いい。実際に目を向けているのはパソコンのモニターでも、オペレーターがほんとうに見つめているのは、姿の見えない通報者なのだ。

だが、あえて言っておくと、その感想は本質からいささかずれているだろう。オペレーターのまなざしや表情は、番組を視聴する僕たちにしか見えないのだ。119番通報は電話――声でしかつながっていない。肝心の通報者は、オペレーターがどんなに真剣に、親身になって指示を送っても、その姿を見ることはできないのだ。だからこそ、声が大切になる。最初は取材カメラが写すオペレーターの表情に見入っていた僕も、やがて、マイクが拾う声のほうに魅《み》せられていった。

みんな、いい声をしている。第一回でも第二回でも同じことを思った。声質や滑舌、発声の良し悪《あ》しではなく、説得力というか、鎮静力のほうが近いか……つまり、パニックになっている通報者を落ち着かせ、冷静にさせたうえで励ます、という力があるのだ。

オペレーターは、ＳＯＳに直接かかわることはできない。人工呼吸や応急処置の方法を口頭で伝えても、自分の手足を使って助けることは叶わない。さぞ、もどかしいはずだ。むろん、通報者はもっと感じているだろう。一刻も早く救急車に来てほしい、できれば119番の電話を切った瞬間に、いや、いっそ電話の途中でも救急車のサイレンが聞こえてほしい、早く、早く、早く……。そんな通報者を電話の声だけで落ち着かせる難しさは、あらためて想像するまでもない。

声の力――。

アナウンサーでもナレーターでも声優でも歌手でもない、つまり声のプロではないはずの消防庁のオペレーターが、「命と向き合うプロ」として得た、落ち着かせる声の力――。

『エマージェンシーコール』というナレーション抜きの番組は、それを余すことなく伝えてくれる。

そして、僕がこの番組に思い入れを持っている一番の理由は、自分自身が「命と向き合うプロ」の声の力に救われたからなのだ。

＊

去年の四月、初めての救急搬送を経験した。

大腸憩室出血で大量に下血し、倒れてしまったのだ。

月曜日の未明、午前三時のことだった。

日曜日の夜七時から三回にわたって下血を繰り返していた。生まれて初めてである。前兆はなく、痛みもなく、ただおなかがゴロゴロして、トイレに行くと、便器の中が真っ赤になるほどの下血──心臓に持病はあるものの、消化器はそれなりに健康だと思っていただけに驚いた。

痔《じ》から大腸がんや直腸がんまでさまざまな想像をしつつも、日曜日の夜ということもあって、いまはどうにもならない。「明日の朝イチに近所の病院に行こう」と、とりあえず下血の様子をスマホで撮影するだけで、あとは急ぎの原稿仕事を続けていた（ちなみに、出血や排泄《はいせつ》についてはスマホでの撮影を強くオススメします。僕の場合も画像があったおかげで、出血の部位が大腸だとすぐに判断されました──大腸だと血の色が鮮やかで、胃や十二指腸だと黒っぽい赤になるらしいですよ）。

午前一時頃から頭がふらふらするのを感じつつ（すでに貧血状態だった）、なんとか三時前に原稿に目処をつけ、トイレに向かおうとしたら、目まいがして、階段の手すりにすがらないと歩けなくなった。這《は》うようにしてトイレに向かったものの、もはや便座に座ることもできず、四つん這いになったまま、つごう四回目の下血。

おなかに溜まった血がすべて出たあと、目の前が暗くなり、背中の上半分から頭のてっぺんにかけて寒気が走って、そこからは身震いが止まらなくなった。あとで医師に訊いたら、出血量がけっこうあって、輸血もありえるラインだったらしい。当然、血圧も下がる。四つん這いで手や膝をつくこともキツくなって、狭いトイレの床にドテッと倒れ込み、声を振り絞って家人を呼んだ。

きゅーきゅーしゃ、きゅーきゅーしゃ、きゅーきゅーしゃ……。

本人はそう繰り返していたつもりなのだが、家人に言わせると、オットセイのように「あう、あう、あう」と鳴いているだけだったらしい。それでも「サイレン鳴らさずに来てくれって言っといて」というのははっきりとした口調で伝えたというから、ご近所の安眠を妨げまいとする我ながら立派な気づかいである。見栄《みえ》っぱりか。ちなみに下血のあとのお尻は後始末をして、替えの下着も家人にトイレまで持ってきてもらった。きれい好きなのだ。よくそんなことをする力があったものだと、いまあらためて感心……あきれる。

最初はトイレで救急車を待つつもりだったが、たちこめる血なまぐささに吐き気を催して、えずきながら外に出た。トイレの前の廊下に造り付けられた長いベンチに、ぐったりと座り込んだ。

幸い、我が家は消防署から徒歩三分の立地なので、すぐさま救急車が――サイレンを鳴らして（涙）来てくれた。

玄関で応対する家人と救急隊員の話し声を聞きながら、半ば意識を失っていたようで、気がつくとベンチに座ったまま脈を取られ、血圧を測られ、下瞼《したまぶた》をめくられていた。

血圧の上が76。瞼の裏が蒼白《そうはく》にもなっているらしい。三人いた救急隊員の話し声を聴き、心臓の既往症について自分で説明していても、目をどうしても開けられない。倒れ込んだ上体を起こすこともできない。眠い、というか、だるい、というか、全身のどこにも力が入らない。

そんな僕の耳に流れ込む救急隊員の声――ほんとうに頼もしかった。ああ、これで命が助かった、とマジに思った。

「だいじょうぶですよ、もうだいじょうぶです」「担架に移りましょうか、抱えていきますから、もう全然だいじょうぶです」「はい、じゃあ移りましょう、力抜いてもらって平気ですよ」「はいっ」「じゃあ脚を伸ばせますか、はいそうですそうです、手を体の横に置きましょうか」……。

細かい言い回しは、もちろん正確ではない。だが、記憶に残っているのは、三人の隊員の声が太くて、厚くて、深くて、暖かくて、力強くて、優しかったこと。おそらく三人は当時五十八歳の僕よりずっと若いだろう。けれど、彼らの声には若々しさだけでなく、包み込むような頼もしさもあった。

僕はパニックになっていたわけではない。その体力もなかった。だが、彼らの声は僕を間違いなく落ち着かせてくれた。へこたれそうなカラダとココロを、下からしっかりと支えてくれた。僕は一年半たったいまでも、それをほんとうに感謝しているし、彼らの顔を思いだすことはできなくても、声の響きは決して忘れはしないだろう。

ここで終われば、話はきれいにまとまるのだが——。

午前三時二十分に僕を収容した救急車がウチの前を出発したのは、午前五時過ぎ。新型コロナ禍の折柄《おりから》、じつに十五もの病院に搬送を断られてしまったのである。

ようやく受け容れてくれた病院でも、六日間の入院中は「マジすか?」「ちょっとなに言ってるかわかんない」というアレコレの連続だったのだが、それはまた別の話になる。

さらに、約二ヶ月後、悪夢は繰り返された。七月アタマに再び大腸憩室出血をしてしまったのだ。今度は朝八時だったのでタクシーで近所の病院に向かって、四日間入院した。

難儀なものである。この病気、けっこう再発率が高いので、いまもおなかがゴロッとするたびに不安に駆られてしまう。仕事で遠出をする際には、現地で再発という事態に備えて「入院セット」を持ち歩くのが常になった。しかし、まあ、これも別の話ということで。

とにかく、我が家に駆けつけてくれた救急隊員の声の力は、ほんとうにたいしたものだった。具体的に応急処置をしてもらったわけではなくても、僕は確かに「命と向き合うプロ」に救われたのだ。

そんな体験が伏線となって、一月オンエアの『エマージェンシーコール』がひときわ胸に染みたのである。

ならば、十月の第二回のときはどうだったのか。

またもや染みた。やっぱり声の力ってすごいよなあ、とあらためて感じ入った。

今度も伏線があった。
オンエアの三日前——十月七日に、僕は「命と向き合うプロ」とはまた違う、すばらしい声の力を持った人たちに出会ったのだ。

その日は、全国盲学校弁論大会に参加していた。名称どおり、全国の盲学校や視覚特別支援学校に通う生徒たちが弁論を競い合う大会である。

一九二八（昭和三）年に第一回大会が開催されて以来、太平洋戦争などで中断した時期があったものの（一昨年は新型コロナで中止、昨年はオンライン開催だった）、今年で第九十回を迎える。そんな伝統ある大会に、ご縁あって審査員としてかかわったのだ。

登壇したのは全国の地区予選を勝ち抜いてきた九人の弁士たち——全員が中学生、高校生である。

盲学校は成人後に目が不自由になった人たちも通うので、「生徒」の年齢の幅は広い。過去には七十代の弁士が優勝した年もあったらしいが、今年は若さあふれる大会となった……と、ベテラン審査員の皆さんの受け売りで言ってみた。こっちは初参加なのである。若さもシブさも比べる前例がないので、まっさらな状態で審査に臨んだ。

で、何度も目がウルッと来た。同情の涙ではない。審査員を引き受けるにあたってなによりも自戒したのは、「感動ポルノ」に陥ってはならないということだった。それを肝に銘じつつ弁論を聴いていたのだが、そんな心配はそもそも無用だった。若い弁士たちの言葉は、気持ちいいほどカラッと明るく会場に響いていたのである。もちろん、弁論の内容は決して軽くはないし、浅くもない。ずしりと重いし、深みもある。だが、それを伝える声が――とにかく、よかったのだ。

九人はウチの娘たちよりずっと年下なので、あえて「きみたち」と呼ばせてもらう。

きみたちは、全力で自分の思いを伝えようとしているんだなあ――。

たとえ聞き手が大きくうなずいても、弁士はそれを目で見ることは叶わない。ふだんの会話なら「そうだね」「わかるよ」と声に出して相槌《あいづち》を打つのだろうが、弁論大会では客席はしんと静まり返ったままだ。なんの反応も聞こえてこない状態で、九人は語りつづけた。かけがえのない自分の体験や告白、夢や希望や不安や戸惑い、喜び、悔しさ、後悔、感謝……。

語りかける相手の姿は見えなくとも、みんな信じているのだ。自分の言葉が声に乗って、誰かに届いていることを。祈っているのだ。届いてほしい、と。

その思いが僕の胸を熱くして、目を涙で潤《うる》ませた。弁論が終わるたびに、審査の採点をする前に、まずは大きく拍手をした。手のひらがジンと赤くなって痺《しび》れた。こんなにがんばって拍手をしたのなんて、吉田拓郎や矢沢永吉のライブぐらいのものなんだぜ（あ、違った、大ファンのヤクルトの村上宗隆選手が最終戦の最終打席で第五十六号ホームランを打ったときも、手が赤く腫《は》れたんだ）。

ずっと昔——もう二十年以上前だから、九人の弁士は誰も生まれていない頃、吃音の少年を主人公にした『きよしこ』というお話を書いた。作中に、自分でとても大事にしている一節があり、単行本の帯のコピーにも使ってもらった。

〈それがほんとうに伝えたいことだったら……伝わるよ、きっと〉

三十代で書いたお話である。自分と重なり合う部分の多い主人公のエピソードの多くは、僕自身が子どもの頃に体験したものでもある。還暦間近のいまも、その一節に託した思いはいささかも揺らいでいないから、大仰に言うなら、オレの人生を貫く信念だな、あはは、ということになる。

弁論大会の審査員の立場を離れ、『きよしこ』の作者として、この言葉を拍手とともに九人に捧げたい。

きみたちは、ほんとうに伝えたいことを語ってくれたんだな。

伝わったよ、マジに。

ありがとう。

*

言葉の力や声の力は、新型コロナ禍で否応《いやおう》なしにリモートやディスタンス、すなわち隔たりを意識せざるをえなくなったいま、あらためて問い直されているのかもしれない。

緊急事態宣言で街から人影が消えた。それはすなわち、声が消えたということでもあるのだ。

感染の「波」が多少収まると、街ににぎわいが戻る。声が戻る。しかし、それも長くは続かず、次の「波」の訪れとともに、街はまた静けさに包まれ、声が消える。

そんな繰り返しで三年が過ぎようとしている。

歓声のないオリンピックがあった。客席から声援を届けられないコンサートやお芝居があった。「黙食」というひどい言葉が生まれ、イヤホンから耳に流れ込むリモートの音声は決してざわめきにはならず、マスクの内側では、せき止められた声がじっとりとした湿り気を帯びて、いつも澱《よど》んでいた。

飛沫感染をする新型コロナとは、僕たちから声を奪う病だったのだと、あらためて嚙みしめる。

ゼミの三年生、Nさんが教えてくれた。

授業のあと、ゼミ生数人で駅に向かって歩いていたときのこと――。

近道になる住宅街の小径《こみち》を通っていたら、見知らぬ男性にいきなり呼び止められた。話し声がうるさい、というクレームだった。

男性は「きみたちが悪いわけじゃないのはわかってる」と前置きしながら、「ここは住宅街だから話し声がうるさくならないように気をつけてほしい」とNさんたちを注意したらしい。

確かに、大学の近くには〈住宅街なので歩行中は静かに〉といった貼り紙や立て看板がいくつもあるし、〈早稲田の学生〉と名指ししたものも見かけたことがある。ひと昔前には、別の大学のご近所の住民が、学生の歩き煙草のポイ捨てに辟易《へきえき》して、大学当局に改善を申し立てた、というニュースがあったっけ……。

ただし、Nさんたちは決して非常識な学生ではない。時刻は午後六時過ぎで、夜遅くというわけでもない。

学生の話し声に日頃から迷惑している皆さんには申し訳なく思いながらも、ゼミでの注意は「今度からはなるべく静かに歩こうな」だけでとどめておいた。

甘すぎる、と叱られるかもしれないけれど――新型コロナ禍で大学に通うことすらできない日々を一年半も過ごしたNさんたちから、学校帰りに友だちとおしゃべりしながら駅に向かう楽しみを厳しく奪いたくはないなあ、とも思うのだ。

もっとも、学生たちの若さは、僕が思うよりもずっとしなやかな力を持っている。

男性に注意された同じ日の夜、夕食を終えたNさんは地下鉄の駅でゼミの先輩を見かけた。ふだんは「相手の一人の時間を壊してはいけない」と思って、あえて知らん顔をして距離を保つNさんだが、その日は思いきって声をかけてみた。先にNさんが下車するまでの十五分間、時間は短くても、ゼミの話で盛り上がったらしい。

それをとても喜んで報告してくれたことが、僕もうれしい。

言葉は怖い。声も怖い。なんでニッポンの政治家は魅力的に話せないかなあ、原稿の棒読みだったり、人の神経を逆撫《さかな》でするだけのゴーマンな口調だったり……と思う一方で、言語明瞭《めいりょう》・意味不明の政治家の話法にだまされちゃうほうがもっと怖いかなあ、と思ったりもする。

でも、やっぱり、言葉と声は、隔たりを埋めてくれるものだと思うし、そうであってほしいとも願う。「壁」だらけの世の中だからこそ、「橋」を愛おしみたい。

いきなりクレームをつけられて、しょんぼりしていたはずのNさん、よく立ち直ったね。先輩に思いきって話しかけて、きっとその先輩も喜んでくれたはずだ。

盛り上がったゼミの話――?

オレの悪口だったらツラいから、内容は尋ねませんでした。

＊

二〇二二年十月十八日、東京の日の出時刻・午前五時五十分――。

第十一回　我が心の南極大陸

ときどき戯《たわむ》れに、一緒にいる相手にクイズを出すことがある。

「あのさ、南極大陸の形ってわかる?」

準備をする時間のとれるときには、白地図を使って二択や三択の問題にする。たとえば、サイズを揃《そろ》えた南極大陸とスペインとドイツの白地図を並べて「さて、どれが南極でしょう」と問うわけだ。すると、即答・正解する人は……意外と少ないんですよ、これが。

いま挙げた例題の場合だと、スペインを選んでしまう人がけっこう多い。いままでの経験では、オランダやカンボジア、日本では広島県や徳島県あたりがダミーとして好成績を挙げている。ぼってりしたシルエットの本体に小さな島々がくっついている、というのが南極っぽいのだろうか。

かく言うシゲマツも、イバれる立場ではない。「あ、これだこれ、南極大陸ってこういう形だったんだ、そうそうそう、忘れてた」と膝を打ったのは、ほんの半年ほど前のこと。われながら情けない話である。おまけに、答えを知ったらすぐさまドヤ顔になって「みんな知ってる？」とエラソーにふるまいたがる。まったくもって浅ましい話ではあるのだが、それはそれとして。

そもそも、なぜ南極大陸のことを考えたのか。

半年前といえば五月。二月末に始まったロシアのウクライナへの軍事侵攻が三ヶ月目に入って、ウクライナの反転攻勢が始まった一方で、ロシア軍の占領地域での残虐行為が次々に明らかになってきた時期である。

ぐったりしたニュース疲れを感じながらも、報道から目が離せない。国際情勢を報じるニュースを追っていると、当然ながら世界地図を見る機会も増える。で、あるとき、ふと思ったのだ。

そういえば、南極大陸って、ほんとはこんなに平べったい形じゃないんだよなあ……。

世界地図の下端に描かれている南極大陸は、ずいぶん東西が長い。しかも、たいがいの場合は北端がちょっと描かれただけで、大部分はカットされている。だから平べったくなるのだ。地図によってはまったく姿を消していたり、南極大陸が描かれるべきスペースに国旗の一覧表が載っていたりする。誰も住んでいないのだから「ないこと」にしてもかまわない、ということなのか。

北極サイドも同様。多くの地図ではグリーンランドの北半分がカットされている。いま適当に画像検索した学習教材用の世界地図で確かめてみると、北緯は70度まで、南緯は60度までしかない。本来は北緯も南緯も90度まであるのだから、北半球は実際の九分の二が描かれず、南半球で「ないこと」にされているのは、じつに三分の一にも及ぶのだ。

地図だから目立たないものの、地球儀で同じことをすると、スイカの両端を包丁で切り落としたような形になってしまう。いいのかな、それで。

とにかく、南緯が60度で切れてしまう地図での南極大陸は、存在すら覚束《おぼつか》ない。もっと高緯度まで表示した地図はないものか……とネットを探ると、南緯85度まで描いたものが見つかった。

すると——。

世界地図の下端に、他の五つの大陸——ユーラシア、南北アメリカ、アフリカ、そしてオーストラリアを併せたものにも匹敵しそうな巨大な大陸が現れた。

これが南極の正体だったのか！

この巨大な大陸の存在を隠すために、あえて世界地図は南緯60度で終わっていたのか……！

陰謀論者の皆さん、出番ですっ。

＊

もちろん、これは地図のマジック。

僕たちがふだん目にする世界地図の多くは、緯度と経度が常に直角に交差するメルカトル図法を用いて描かれている。

この図法は、二つの地点を地図で結ぶと出発地から目的地までずっと同じ角度で進むことができるので、航海には最適なのだが、緯度が高くなるにつれて面積が拡大されてしまうという難点もある。だから、南極が巨大な大陸になってしまうのだ（ちなみに、詳細はややこしいので略すが、メルカトル図法では南極点を描くこともできない)。

世界地図から南極が省かれてしまうのは、無用の誤解を招かず、地図のサイズを無闇に拡《ひろ》げず、という選択なのだろう。

そんなわけで、メルカトル図法の世界地図を見ているかぎり、僕たちは南極大陸の正しい形や広さを知ることはできない。

じゃあ地球儀ならどうだ。確かに地球儀には南極大陸はちゃんと正しく出ている。ただし、じつに見づらい位置にあるのだ。視点を真南に置いて、すなわち地球儀の真下から見上げなければ全体の形を知ることは叶わない。

この夏亡くなった安倍晋三元首相は、在任時に「地球儀を俯瞰する外交」を掲げていたが、南極は俯瞰の視線では見えない位置にあるのだ。

……と、この流れになると、「どうして地球儀や世界地図はいつも北が上なんだ?」という疑問は当然出てくるだろう。「太平洋が真ん中になる理由は?」という問いも。

実際、南を上にした世界地図や、大西洋を真ん中にした世界地図を、ぜひ一度ご覧になっていただきたい。新鮮な発見、請け合いである。

たとえば一九九〇年代半ば、富山県が南北をひっくり返した環日本海の地図をつくって話題を呼んだ。確かにその地図を見ると、海洋進出を狙う中国にとって日本列島が「蓋」になっていること、富山県が中国やロシアとの関係において重要な位置にあることがよくわかる。

そんなふうに、いつもの地図とは違う発想で描かれた地図を見るだけで、南北格差の問題やヨーロッパと東アジアの距離感など、いままでピンと来なかったものが「ああ、そうか、なるほど」と、たちまち腑に落ちるのだ。

それは逆に言えば、見慣れた地図が植えつける固定観念や先入観の強さの証《あかし》でもある。

僕は一九七〇年代前半に小学生時代をすごした。当時の学年誌の付録や図鑑などの購入特典で、世界地図は定番中の定番だった。友だちの部屋にも世界地図がよく貼られていた。それはすべて「北が上・太平洋が真ん中・メルカトル図法」の地図だったのではないか。

ネットで調べてみると、いまでも世界地図は子ども部屋の壁紙やウォールステッカー、ポスターになっている。ざっと目にしたところでは「北が上・メルカトル図法」ばかりだったが、真ん中を太平洋にするか大西洋にするかは、かなり拮抗《きっこう》している（デザイン的に真ん中がぽっかり空かないほうがいいのかな）。

太平洋が真ん中にあると、必然的に日本も中央近くに来て、太平洋を挟んだ対岸はアメリカ西海岸になる。

一方、大西洋が真ん中だと、日本は極東に位置して、地図の中央はヨーロッパとアメリカ東海岸になり、太平洋は分断されてしまう。

この二種類の地図を、それぞれ毎日毎日眺めて子ども時代を過ごしたら、世界の捉え方にどんな違いが出るだろう。試してみたいような、ちょっと怖いような……。

あなたなら、どっちの地図を壁に貼りますか？


我が心の南極大陸――。

今回のコラムのタイトルは、決して冒険のロマンあふれるフレーズではない。

メルカトル図法の南極大陸のように、世の中で「ないこと」にされていたり、実際の形や大きさが歪《ゆが》められている問題は、きっとある。いや、「我が心」そのものだって、メルカトル図法のように不完全だろう。オレの心の中で、不当に矮小化《わいしょうか》されたり、逆に誇大な幻となっているもの、あるんじゃないのかな。
そんな自戒を込めて――ゼミの学生諸君にも「きみたちはどうだ？　頼むぜ」と目配せしつつ、もうちょっと続けよう。

＊

世界地図には、メルカトル図法以外にも、面積を正しく表示した正積図法や地図の中心点からの距離が正しい正距図法など、さまざまな描き方がある。

しかし、どれも完全なものではなく、「Aが正しく表示されるのと引き換えに、Bが不正確になる」という難点を持つ。球体である地球を平面の地図で描くのは、やはりどこかに無理が生じてしまうのだ。

これ、言葉とも似ていないか？

世の中や人のココロを言葉で語るのは、球体を平面に移し替えるのと同様、どんなにがんばっても無理がある。すべてを完璧《かんぺき》に正しく語れるわけがない。

これはもう、編集者・ライター歴三十九年、すなわち言葉のプロとしてそれなりに長い年月を生きてきたキャリアを懸けて、断言させてもらう。「オレは百パーセント語り尽くせるぜ」とうそぶく作家の言葉は信じないほうがいいし、「オレなんて言葉で百二十パーセント描けるぞ」と言うヤカラは、つまりは詐欺師《さぎし》である。「語る言葉」は、悔しいけれど、「語られる事柄」を覆い尽くすことはできない。どんなに言葉を費やして、表現に腐心しても、必ず塗り残された箇所、語り切れないところが出てくる。

さらに、言葉が歪《ひず》みや偏りをもたらすことだってあるだろう。同じ事柄が、語り方によって、やけに強調して扱われたり、逆に「なかったこと」として切り捨てられたり……。

まったくもってアヤしげな道具なのだ、言葉というやつは。

でも、いいじゃないか、それで。

言葉は万能だと信じ込んでしまうと、たぶん、ろくなことはない。ペンは確かに、剣よりも強くあってほしい。しかし、「強い」と「正しい」は必ずしもイコールではないんだというのも、忘れずにいたい。

イバるな、言葉。世の中や人のココロが、訳知り顔の言葉ごときで塗りつぶされてたまるか――。

僕は思うのだが、優れた作家や詩人というのは、「言葉で語ることが巧みな人」ではなく、じつは「言葉で語り切ろうとせず、塗り残しておいた部分こそが魅力的な人」なのではないか？　だからこそ、国語の授業であれほどしつこく「行間を読みなさい」「余韻を味わいなさい」と……。

あ、いや……ちょっと力んで、よけいなことまでしゃべりすぎてしまった。

話を戻す。

言葉は決して完璧ではない。方角が一定のメルカトル図法が引き換えに面積の正確さを手放したように、言葉の図法——話法も、不完全なものばかりである。

人間関係を壊さないことを最優先したソンタク話法や、自分の信じる正義を決して疑わないケイサツ話法、その場のウケ狙いで不謹慎なことを言ってしまうシッゲン話法、きれいごとを並べ立てるだけのタテマエ話法、オンナコドモは黙ってろのロウガイ話法、人のこころの弱さにつけこむセンノウ話法、ズケズケとスゴいことを言ってるようなインフルエンサー話法……。

慣れてはいけない。

メルカトル図法に慣れた目が南極大陸の形や広さを見誤ってしまうように、さまざまな話法のいびつさに慣れすぎると、その話法が切り捨てたものや踏みにじったものの存在をつい忘れてしまう。

気をつけようね、お互いに……という、なんかまたフワッと終えただろオマエ、というシゲマツ話法にも、だまされないでください。

*

世界地図について、最後に一言だけ。

チャップリンの映画『独裁者』に、ヒトラーとおぼしき独裁者が、執務室で巨大な地球儀の風船と戯れる名場面がある。

ロシアのプーチン大統領の執務室には世界地図が貼られているだろうか。ポスターのような形でなくても、パソコンのモニターやプロジェクターのスクリーンで世界地図は表示されているはずだ。

その地図、どんな図法なのかな。

高緯度の面積が拡大されるメルカトル図法の地図では、ロシアはやたらと大きくなってしまう。まさしく大ロシアである。

そんな地図をずっと見ていたら、「わがロシアが欧米ごときに屈するものか！」となってしまうのかも……。

プーチン大統領、ほら、南極を見て、南極を。

ロシアよりずーっとデカくなってますよ。

*

二〇二二年十一月十三日、東京の日の出時刻・午前六時十四分――。

最終回　曲がり角の途中で

十二月十二日、二〇二二年の『今年の漢字』が発表された。

「戦」――である。

それはまあ、そうだろうな、とため息交じりに納得した人は少なくないだろう。二〇二二年はロシアがウクライナへ軍事侵攻をした年として、世界史に刻まれるだろう。北朝鮮のミサイル発射も続いている。否応なしに「戦争」の「戦」が脳裏から離れない一年だった。そのとどめのように(正確には『今年の漢字』発表後なのだが)、政府は反撃能力を持つことを明記した新・安保関連3文書を閣議決定して、防衛政策を大きく転換した。そう、いまはまだ「戦後」なのか、すでに新たな「戦前」に差しかかっているのか……という「戦」だってある。

サッカーのW杯の激戦、野球の大谷選手や村上選手の記録への挑戦など、ポジテイブな「戦」をなんとか拾い上げてみても、円安や値上げラッシュにあえぎながらの生活防衛戦の厳しさを束の間《つかま》忘れるのがせいぜいだろう（しかもW杯で盛り上がっている隙《すき》に、政権はしれっと安保3文書を改定するわけだ）。

もっとも、二〇二二年が特別にダメな年だったわけではない。

一九九五年に始まった『今年の漢字』は、企画スタート当初から、なかなかシビアな展開を見せている。

一九九五年「震」――阪神・淡路大震災である。地下鉄サリン事件など社会を震《しん》撼《かん》させた事件もあった。

一九九六年「食」――O－157食中毒事件や狂牛病である。

一九九七年「倒」――山一證券《しょうけん》など大型倒産が多かった。

一九九八年「毒」――和歌山の毒カレー事件である。

一九九九年「末」――世紀末だし、世も末だし……。

ずいぶん暗い漢字が並ぶ。

二〇〇〇年代に入ってからも、その傾向は変わらない。いままで複数回選ばれた漢字は三つあるのだが、さて、それはなんでしょうか？（大学でニワカ教師をして

いると、ついつい小ネタのクイズを出したがるのだ）

じつは二〇二二年の「戦」は、アメリカ同時多発テロ事件が起きた二〇〇一年に続いての再登場である。また「災」は、新潟中越地震や浅間山噴火のあった二〇〇四年と、西日本豪雨や北海道胆振《いぶり》東部地震などの二〇一八年に選ばれている。二つ合わせて「戦災」。嫌な組み合わせになってしまった。

一方、最多の四回選出の「金」は、二〇〇〇年・二〇一二年・二〇一六年・二〇二一年……すべてオリンピックの開催年だから、なんというか、けっこうボクたち単純ですよね。

さらに言えば、「金」がキンでもありカネでもあるところが、皮肉というか、奥深いというか。だって二〇二一年の「金」は、選出した当時は金メダルのキンでも、オリンピックをめぐる贈収賄《ぞうしゅうわい》が相次いで明らかになったいまはもう、カネとしか読めないじゃないですか。

それにしても、『今年の漢字』という企画は面白いなあ、と思う。小学生の子どもからお年寄りまでみんなが参加できる。音読み・訓読みや、その漢字を使った熟語など、いわば一つの漢字からリンクが縦横に張られていく。「戦」だって、「戦《せん》慄《りつ》」という熟語や「おののく」「そよぐ」という読み方につなげれば、目に見える戦いだけではない、この一年のさまざまな出来事や流行も思いだすはずなのだ。

じつは僕も、十年以上前に、スケジュール帳の隅に『今日の漢字』を書いてみたことがある。だが、記された漢字は「忙」「眠」「怒」「急」「疲」「逃」……うんざりして早々にやめてしまったのだ。

いま同じことをやると、今度は「老」が頻出するかもしれない。「悔」や「絶」や「終」も増えそうだな。「別」や「死」はツライな。あとは「断」「捨」「離」……あれ、どこかで見たような気が……？

＊

とにかく、二〇二二年の年の瀬、あらためてこの一年を振り返ると、やはり、世の中も自分自身の生活も「ろくなことがなかったなあ……」と意気消沈せざるをえない。

新型コロナに感染こそしなかったが、数年間おとなしくしてくれていた心臓がまた不穏になって、体調はずっと優れないままだった。田舎の家じまいをめぐっても気の重い問題が次々にやってくる。大学の授業のあと東京駅にダッシュで向かい、最終の新幹線で岡山まで帰郷するのを繰り返していると、体力だけでなく気力もじわじわと削られる。

先週末――十二月十七日の夜も、ゼミを終えるとすぐさま東京駅に向かった。じつはその四日前にも岡山にいた。さすがに週に二度の帰郷は体にこたえる。

車中では寝るか。それとも、呑《の》むか。

ごめんなさい、疲れているのに……いや、疲れているからこそ、いつも呑みます。

列車が東京駅を出発するのを待ちかねてハイボールの蓋を開ける（つまみ類は品川を過ぎてから、箸《はし》を使う食いものは新横浜を過ぎてから、がマイルール）。新橋あたりの夜景とともに、自分の顔が窓にうっすらと映り込む。その顔を見ていると目が合うのだ。あたりまえだが。で、窓の中の自分相手に「お疲れ」と苦笑交じりに乾杯をする。相方もくたびれた顔で「おう」と笑い返して、一九七〇年代の歌謡曲をイヤホンで聴きながらの酒宴が始まるのである。

むろん、仕事を忘れるわけにはいかない。この小文である。週明けに東京に帰ったら早々に原稿を仕上げなくては。

導入を『今年の漢字』にすることは、すでに決めていた。暗くて重い内容になってしまうのは覚悟の上である。なにしろ「戦」なのだ。軽く明るく爽《さわ》やかに、ファイト一発、元気ハッラツ、になどなりようがないし、「戦」で元気になってはいけません。

しかし、読んでくれる人（あなたです）をどんよりさせてはいけない。なんとか最後に一筋の光が見えるように……でも、難しいよなあ……やっぱり『今年の漢字』はやめたほうがいいかもなあ……。

ハイボールを啜りつつ、『今年の漢字』のプレスリリースをネットで見つけだして、さっそくタブレット端末で読んでみた。

すると――。

思わず「どひゃあっ」と声をあげそうになった。口の中にあったハイボールを噴き出しかけた。

驚いた。衝撃だった。だが、それは決して悪くない……いや、うれしい驚きだったのだ。

光がちょっと見えた。

その光をお伝えします。

プレスリリースには、「戦」には及ばなかったものの、得票数で上位になった漢字のリストが載っていた。

第二位は「安」で、第三位は「楽」――「戦」とは対照的な、ポジティブな漢字である。

もちろん、「安」を単純に喜ぶわけにはいかない。「円安」や「安倍元首相」からの連想も多そうだし、知床の観光船事故などから「安全（が揺らいだ）」「不安」を頭に浮かべた人も少なくないだろう。「楽」のほうだって、「生活が楽にならない」という発想で選んだ人がいるかもしれない。

それでも、やはり「安」も「楽」も、ひねった解釈を抜きにすれば、決して悪い印象はないだろう。「安楽」である。この二つの漢字が第二位と第三位に入ったというのがうれしいし、それこそ「安堵」したし、少しだけ「楽観」することもできた。

じゃあ、この「安」と「楽」は、「戦」にどれだけの差をつけられたのか——。

ここが「どひゃあっ」のポイントなのだ。

総投票数22万3768票のうち、「戦」が集めたのは1万804票で、第二位の「安」は1万616票だった。

その差は、わずか188票。

もしも決選投票をすれば、逆転も充分にあり得る。上位二つでの決選ということなら、三位の「楽」が7999票なので、たとえ「安」に票の上積みがなくても、二位・三位連合で簡単にひっくり返るだろう。

しかし、どれだけ僅差《きんさ》であろうと、結果は絶対的なものである。

たかが188票差、されど188票差——二〇二二年は、未来永劫《えいごう》（は、大げさかな）「戦」の年として語り継がれることになってしまったのだ。

かつてスパコンの予算を削るにあたって「二位じゃダメなんですか？」という趣旨の発言をした政治家がいたが、一位と二位はやはり違うのだ。一位は常に紹介される。しかし、二位や三位は簡単な記事や資料には出てこないだろうし、ましてや、それぞれの得票数は……。

だからこそ、プレスリリースを読んでよかった。二位や三位の漢字と得票数を知ってよかった。

おかげで、いつか誰かが「二〇二二年の『今年の漢字』って『戦』だったんだよな」と言ったら、いやいやいや、ちょっと待って、と返せる。

「確かに『戦』がトップだったんだけど、圧勝だったわけじゃないんだ。『安』に負けてたかもしれないし、『楽』だってけっこう人気だったんだぞ」

もの知り自慢をしたいわけではない。

ただ、そう言い返すことが、二〇二二年という年を、よたよたしながらも生きてきたオヤジとしての、ささやかな意地のような気もするのだ。

「戦」だけじゃないんだぞ。

「安」だって、「楽」だって、あったんだ。

キツいことの多かった二〇二二年だけど、腹を抱えて笑ったことだって、それなりにたくさんあった。トータルの成績では負け越しなんだろうな。でも、決して全敗だったわけじゃない。世の中も——オレだって。

リストで目立つのは、やはり「争」「悲」「乱」「死」……といったツラくて重くて苦い漢字だった。

それでも、第十位は「和」だった。第十二位は「幸」で、第二十位は「旅」。

新幹線の車中で、タブレット端末の画面を眺めていると、つい頬がゆるむ。

リストを見ると票はかなり割れているようだ。一位の「戦」ですら、得票率は四・八三パーセントにすぎない。つまり、たくさんの人に、それぞれの『二〇二二年の漢字』があったということだろう。

いいね。いろんな漢字があるんだよ。いろんな人がいて、いろんな二〇二二年があったんだよ。それがほんとうに、いいね。

一つの漢字が圧倒的多数になってしまうような年よりも、そのほうがずっと幸せだと思う。

だが、いつか「勝」や「強」や「憎」が過半数を取るような年が来てしまうのかもしれない。

遠い未来――?
それとも。

よいお年を。

＊

さて、一年にわたってお付き合いいただいた連載も最終回である。

ニワカ教師が若い教え子に語りかけるつもりで続けてきた。連載を始めた時点では、まだロシアのウクライナ軍事侵攻は、きな臭さ程度にとどまっていた。二〇二二年という年が、まさか「戦」でまとめられることになるとは思わなかった。戸惑いと弱音だらけの連載になってしまった。教師失格である。だが、そんな情けないところを見せられるのがニワカの強みなんだよ、と図々しく開き直ってもいるところだ。

もうじき還暦である。図々しくもなる。

漢字のネタで今回の原稿を書いたから、というわけでもないのだが、還暦というのは「暦が還《かえ》る」と書く。僕が生まれた一九六三年は、十干が癸《みずのと》で十二支が卯《う》なので「癸卯」。それが二〇二三年に再び「癸卯」に暦が還る。十干の十年と十二支の十二年が、最小公倍数の六十年で揃うわけだ。

ただの組み合わせの話である。だが、それがどうにも不思議な感覚なのだ。

歳を取るのは、前に進むことだと思っていた。十八歳、十九歳、二十歳……五十七歳、五十八歳、五十九歳……。歳月の物差しを一目盛りずつ進んでいって、しかるべき時期（それを寿命と呼ぼうか）に物差しの端までたどり着いて、ぽとりと落ちてご臨終、というイメージである。

だが、まっすぐ前に進んでいたはずなのに、じつは歳月は円環を成していて、またふりだしに戻るというのか。

なんだそれ。いつ曲がったんだ、この道。まっすぐじゃなかったのか？　どこからカーブしていたんだ？

繰り返すが、こんなのは、ただの組み合わせの話である。自分の死生観が揺らいだりするようなことはない。

それでも、まっすぐだと思っていた道がじつは曲がっていたというのは、むしろ現実的な示唆《しさ》に富んでいるんじゃないか、と思う。

ねえ、みんな。

正規のゼミ生プラス、四十一番目のゼミ生である、あなたたち——。

いまが時代の転換点だというのは、みんなも肌で感じているだろう。おかしな方向に世の中が（そして自分も）向かってるんじゃないか、という不安もあるだろう。

でも、たぶん、マズい方向に僕たちを誘うのは、交差点の信号や標識のようなものではない。そんなにわかりやすく、「右に曲がりなさい」「左に進めますよ」「はい、しばらくストップ」なんて教えてくれるものか。

ヤツらの敷く道は、巧妙に曲がっている。僕たちはまっすぐ進んでいるつもりで、まっすぐ、まっすぐ、まっすぐ……太陽に向かって歩いていたはずなのに、ふと気がつくと自分の影が前方に伸びていたりして……。

ヤツらの正体は、いろいろだ。

右翼だの左翼だのカルトだのという狭い了見の話じゃない。なにしろヤツらは「世間」や「ふつう」や「愛」や「夢」に擬態することも得意なんだから。

で、困ったことに、人生はまっすぐ歩くだけがすべてじゃない。というか、みんな、ちょっとずつ曲がる。それでいい。そうでなくちゃ。曲がった豆は「豊か」なんだぜ。

あとは、いい感じで曲がるかどうか。いやいや、ところが、むちゃな曲がり方をしてしまったからこそ面白いものに出会えたりすることも（ごくたまーに）ある。だから、人生は厄介で、扱いづらい。

やり直しができるなら、二度目にはうまくやれるかもしれないけど、それは叶わぬ相談だ。試しちゃダメだぞ。

でも、「まっすぐ」は「まっすぐ」以外許されないけど、「曲がる」の正解の幅はとんでもなく広い。曲がり方は無限にある。極端な話「まっすぐ」以外は全部ＯＫ。もっと極端に言えば、「まっすぐ」だって「曲がりゼロの曲がり方ですっ」と堂々と言えば、だいじょうぶなんだよ。

やり直し不可の一発勝負の人生も、そう考えれば、少しは楽になれないかな。「まっすぐ」に縛られて、ときどき窮屈そうな顔をしているきみに、伝わるといいけど。

僕たちは皆、曲がり角の途中にいる。「え、オレ、まっすぐな道ですけど」と言うきみが、ちょっと心配だったりもする。

ニワカ教師からの最後の言葉。

好きに曲がりなよ。

でも、曲がらせられるなよ。

自分で曲がれよ。

「自分で曲がったんだと思い込ませることの巧みなヤツら」にひっかかるなよ。

一九九一年、僕は『ビフォァ・ラン』というお話でデビューした。父親になりたての二十八歳だった。

あのタイトル、元ネタはローリング・ストーンズの『ビフォァ・ゼイ・メイク・ミー・ラン』である。ヤツらに走らされるまえに――長すぎるから真ん中をカットしたら、英語としておかしなことになってしまったのだが、それはまあ、それとして。

もうじき六十歳になる僕は、三十二年前の自分が、デビュー作に「ヤツらに走らされるまえに」というタイトルを冠したことを、くすぐったくも、ちょっとだけ愛おしく思っている。

変わってないね、オレ。

*

二〇二二年十二月二十一日、東京の日の出時刻・午前六時四十六分――。

おくることば

この章にまとめた小文はすべて、重松ゼミが年度末に刊行しているゼミ誌のあとがきである。

定価をつけて広く読んでいただく書物に内輪向けの文章を載せるのは、はしたない行為かもしれない。お叱《しか》りや嘲《あざけ》りは甘受する。ただ、新型コロナ禍に翻弄《ほんろう》されたゼミの歴史の、それぞれの年度末に綴《つづ》ったニワカ教師のメッセージは、ゼミ生一人ひとりの顔がくっきりと思い浮かんでいたからこそ、不特定多数の読み手に向けての文章からは消えてしまう「地声」が残っている。それがあんがい、新型コロナ禍を語る小さな証言としての存在意義になるのではないか、とも思うのだ。

学生たちがオリジナル作品を寄せたゼミ誌の名前は『東束』——「とうそく」と読む。一期生が命名した。二〇二三年三月にできあがった最新号は五百七十四頁。『文藝春秋』よりも分厚い。すごいでしょ。

二〇一九年度　――二〇二〇年三月五日・記

　卒業式が中止になってしまった。一期生とのお別れ、そして巣立ちを祝う機会が、二ヶ月ほど前には夢にも思っていなかった形で奪われた。

　悔しい。悲しい。もちろん誰よりも無念に思っているのは一期生の皆さんのはずだし、追い出しコンパの準備を進めてくれていた二期生の面々も、文字通りの暗転に呆然《ぼうぜん》としているだろう。

　思えば一期生は、入学直後の熊本地震を皮切りに、毎年のように大きな自然災害を目《ま》の当《あ》たりにしてきた。その締めくくりが今回の新型コロナウイルス禍だった。さらにさかのぼれば思春期のとば口に東日本大震災を体験しているわけだから、二期生も含めて、君たちは、いわば「人の無力さを思い知らされどおしの世代」かもしれない。

それでも、あえて言おう。人の無力さを知っている君たちは、だからこそ、弱くて小さな人びとが懸命に守るささやかな幸せの尊さをよくわかっているはずだし、きっとそうだと信じている。人が生きること、日々の暮らしを営むこと、出会いと別れとを繰り返しながら歳《とし》を刻むことを、どうかこれからも畏敬《いけい》の念をもって愛《いと》おしんでほしい。そして、誰かが大切にしている幸せを奪い去る側には、決して立たずにいてもらいたい。

さまざまな街を歩き、人びとの暮らしを垣間見《かいまみ》て、それを自分の言葉で綴ってきたゼミの活動が、君たちの優しさをかたちづくる一助になってくれていたら、なによりうれしい。

最後に、追い出しコンパの乾杯前にお話しするつもりだったことを伝えておく。

僕は、人生を階段に譬《たと》えるなら、そこには「手すり」が必要だと考えている。元気なときなら手すりがなくても平気で階段を上り下りできる。だが、ちょっと疲れたとき、落ち込んだとき、荷物の多いとき……手すりに軽く手を添えるだけで楽になることはある。たとえ実際に頼る機会はなくとも、この階段には手すりがついているんだという安心感が元気づけてくれることだってある。

じゃあ、人生の手すりとは、具体的になんだろう。いろいろある。家族や友人もそうだし、趣味もそう。夢もそう。ならば、青春時代の思い出はどうだ。繰り返し読んでいるお気に入りの本はどうだ。きっと、大切な手すりになってくれるんじゃないかな？

一期生、卒業おめでとう。二期生、ゼミの一年目で緊張や戸惑いもあったと思う。お疲れさま。このゼミ誌が、そしてみんなで過ごした日々の思い出が、これからの君たちの人生の手すりになってくれるといいなあ。

ただし、手すりをつかんでいるだけでは階段は上れない。自分の足で歩くんだ。歩きだして調子が出たら、手すりから手を離せ。存在を忘れろ。前を向け。ぐいぐい進め。疲れてきたら、また手すりに触れればいい。あるから。手すりはずっと、いつまでも、たとえ気づかないときでも、君たちの人生に寄り添っているから。そうやって、それぞれの長い階段を一歩ずつ上っていきなよ。

最後の最後にもう一度。

一期生、卒業おめでとう。二期生、これからもよろしく。君たちと過ごした日々は、僕にとってかけがえのない手すりになっている。出会ってくれて、どうもありがとう。

一期生、またいつか、どこかで会おうな。

二〇二〇年度　――二〇二一年二月一日・記

三年目のゼミが終わった。二期生、三期生の皆さん、お疲れさま。「世の中なにが起きるかわからない」とはよく言われるけれど、それをまさに痛感した一年間だった。不安な思い、もどかしい思い、寂しい思い、そしてなにより悔しい思いをたくさんしてきただろう。そんななか、ゼミ論や課題、そして日記に取り組んでくれたことを、あらためて讃《たた》えさせてほしい。

きみたちは心を折らなかった。前を向きつづけてくれた。すごいな。よくがんばった。深く感謝する。熱く感激もする。きみたちのことを、そしてきみたちがこのゼミを学びの場として選んでくれたことを、心から誇りに思う。ありがとう。

二期生のみんなには、もう一言、別の言葉も贈らなくてはならない。

いつまでも、元気で――。

お別れだ。きみたちの人生の助走はもうじき終わる。マラソンに譬えるなら、スタジアムのトラックを一周して、いよいよ公道に出るわけだ。四月からの僕は、きみたちを沿道から応援する立場になる。マラソンや駅伝のテレビ中継を観《み》ていると、たまにいるよな、ランナーが目の前に来るのと同時にスタートして歩道を走り、予想よりずっと速いスピードにびっくりしているうちに置き去りにされて、最後はけつまずいて転んじゃうオヤジ——それがオレだよ、ほっといてくれ。

ゼミ誌のこの場を借りて、最後の授業をしておく。

新型コロナ禍で揺れ動いた二〇二〇年度がまさにそうだったように、世の中、思いどおりにならないことはたくさんある。目の前に壁が立ちはだかったり、四方を壁に取り囲まれたり、一枚の壁を突き破ってもすぐにまた次の壁に突き当たったり……。

ずっとそうだよ。新型コロナのように社会全体が直面する壁もあれば、自分にしか見えない、誰にもわかってもらえない壁もある。分厚くても意外ともろい壁もあれば、簡単に乗り越えられそうに見えてけっこうキツい壁もある。そんな壁の一つひとつと、うまく付き合っていくのが生きるということなんだと、僕は思う。

壁を倒せれば、それに越したことはない。乗り越えていければ最高だ。でもな。

壁は壁のまま、でーんとあるんだけど、そこにちょっと穴を空けて「すみません、一瞬ここ通っていいスか」と抜けたっていい。たとえ通してもらえなくても、窓を一つつくるだけで視界が開ける。たとえ外の景色が見えなくても、小さな通風口を開けるだけで息が楽になる。そんな小さなことでも、人はまた前を向けるんだ。

いまは壁を倒せなくてもいい。若いうちはまだ乗り越えられなくてもいい。

まずは壁の前で絶望するな。小さな穴を開けることから考えよう。あえていったん後ろに下がり、助走をつけてからジャンプすれば、意外と乗り越えられる壁だってあるんだ。分厚さにビビりながらも、とりあえず壁に沿って横に走っていると、あんがいじつは横幅は短くて、「あれ？　もう終わり？」と拍子抜けして、脇《わき》からするっと入れることだってある。三人がかりで肩車をすればなんとかなるかもしれないし、三年待てば壁が勝手にひび割れてくれるかもしれない。オレ、生きることにたくましいヤツというのは、「壁を正面突破して叩《たた》き割る力」だけでなく、「一つひとつの壁に応じたハシゴを見つけてくる力」のあるヤツだと思うんだよ。

そして、壁は——なにもしなければ壁のままでも、そこにドアノブをつければ、扉になる。きみたちが学んできた文芸・ジャーナリズムは、そのドアノブをつける力を育《はぐく》むためのものではないか？

きみたちは優れた詩歌や小説や文学評論を読んで、現実の壁を動かしてくれるさまざまな形のドアノブを知ったはずだ。「へえ、こんなノブもあるんだ」「このノブ、カッコいい」「こういうノブは使いづらいけど、ハマると面白い！」……ってね。

一方、ジャーナリズムを学ぶことで、きみたちは、ドアノブの取り付け方を覚えたはずだ。「こういう壁は、ここにノブを付ければ意外と簡単に開くんだよな」「この壁は、内開きの扉よりも外開きの扉にしたほうが開けやすいかも」「ノブの取り付け位置が高すぎると手が届かないから気をつけなくちゃ」……とかね。

そして、自分にとって最高のドアノブの選び方を学び、そのドアノブを最も自分らしく取り付けることを試行錯誤してきた場が、この重松ゼミではなかっただろうか。

ドアノブのストックをたくさん持てよ。

そのドアノブを、しっかり取り付けろよ。

そうすれば、壁は扉になる。

きみたちは、次の世界に旅立てる。


僕は、きみたちと出会えて、僕自身の新しいドアノブをたくさん得ることができた。回し方がややこしいノブも多かったけど（笑）、うれしいよ、ほんとうに。

だからもう一度、心のハグをするつもりで二期生の旅立ちを祝して——。

みんな、ありがとう。いつまでも、いつまでも、元気で。


三期生の皆さん、二〇二一年度こそは、しっかりと会いたいね。

先輩に対してはもちろん、同期ともコミュニケーションを取るのが難しい状況で、それでも前向きにゼミに取り組んでくれて、ほんとうにありがとう。

さて、いよいよ二〇二〇年度のゼミの活動も、このゼミ誌をもって終わりです。

ゼミ誌の編集委員の皆さん、ありがとう。

僕は教師などという立派な立場ではないけれど、きみたちは皆、僕にとってかけがえのない「ゼミ生」という名の、若い若い若い友人です。

我が良き友たちに、幸よ多かれ。

二〇二一年度　──二〇二二年二月八日・記

教室でも何度か話したとおり、僕は東日本大震災についてのルポルタージュやドキュメンタリーの仕事をずっと続けている。作家の本業は言うまでもなくフィクションを描くことなのだが、ノンフィクションのアプローチを繰り返して東日本大震災を描くことは、格好をつけて言わせてもらうなら、僕にとって大切なライフワークなのである。

取材はたいがい大学が春休みになる二月におこなう。震災発生当日の三月十一日にオンエアされるテレビやラジオの特別番組に出演するために、「あの日」を被災地で迎えた年も何度かあった。

今年もまた──この小文の原稿をゼミ誌編集委員に託したあと、二月十三日から福島県双葉町に入る。ラジオの文化放送が制作するドキュメンタリー番組のナビゲーターを、二〇二〇年に続いて引き受けたのだ。

ご存じのとおり、双葉町は福島第一原発事故で深刻な被害を受け、住民の多くがふるさとで暮らせなくなってしまった町だ。取材する相手は、震災当時の高校生――多感な時期にふるさとを奪われ、仲間たちとばらばらになってしまい、いわれなき風評や偏見とも戦いつつ二十代後半の日々を生きる彼らや彼女たちに、「あれからどうしてた？」と尋ねる番組である。

取材にはなるべくフラットな状態で臨むべきなのだが、いま、下調べの資料を読み込みながら、一つの予感が胸に宿っている。

今回のロケでは、ゼミの学生――すなわち、きみたちの顔を思い浮かべることが、きっと何度もあるだろう。

厄災によって「こんなはずではなかった青春」を送ることになってしまったのは、十一年前の双葉町の高校生も、新型コロナ禍を生きる大学生も、同じだ。

インタビューで双葉町の若者が悔しさを語ったら、それはきみたちの悔しさとも、どこかで響き合うだろう。双葉町の若者が持って行き場のない怒りを語るなら、僕はきみたちが胸に秘めた憤《いきどお》りにも思いを馳《は》せるだろう。双葉町の若者は「こんなはずではなかった青春」を、寂しさとともに振り返るだろうか。じゃあ、きみたちはどうだろう……。

東日本大震災だけでなく、阪神・淡路大震災や熊本地震、西日本豪雨など、さまざまな厄災に見舞われたふるさとを歩き、人びとに会って話を聞いてきた（チェルノブイリまで出かけて、放射能に汚染された地域に非合法に住んでいる人たちにも会ってきたんだぜ）。

そのときに心がけているのは、みだりに同情してはならない、ということ。「大変でしたね」まではいい。けれど、「かわいそう」ではいけない。それは最も安易な感情のまとめ方であり、自分を安全な高みに置いて接することでもあり、なにより、厄災に苦しみながらも懸命に生きている人への冒瀆《ぼうとく》になってしまいかねないから。

きみたちに対してもそうだ。新型コロナによって学生生活を大きく変えられてしまったきみたちに、あえて「かわいそう」という言葉はつかわずにおきたい。きみたちだって、そんな言葉を望んではいないだろう。

じゃあ、なにを語りかければいいか。特にゼミから巣立っていく三期生の諸君に、どんな言葉をはなむけに贈ればいいか。

難しいな。でも、僕は、日記や書評や作品やプレゼンを通じて、あるいは教室で眺めるマスクで半分隠れた顔や、もごもごした声を通じて、きみたちがこの不自由な生活を精一杯に前を向いて生きてきたことを知っている。

新型コロナ禍で、きみたちの学生時代から失われたものはたくさんある。損なわれたものや、ねじ曲げられてしまったものも、いっぱいある。でも、そんななかでも、きみたち一人ひとりが小さな喜びを大切にして、不満や不運をただ嘆くのではなく、ときにはあえて自分自身に向けてキツめのツッコミを入れていたことを……僕はきみたちが書き綴ってくれた日記を読み返すたびに、噛《か》みしめているのだ。

だから、きみたちに贈る言葉は、やはりこの一言になる。

みんな、よくがんばったな——。

慰めではない。励ましでもない。ねぎらいの言葉だと受け止めてくれ。

双葉町の若者たちにも同じ言葉を伝えられたらいいな、彼らや彼女たちが語ってくれる十一年間の思い出のなかに小さな喜びのエピソードが一つでも多く交じっているといいな、と願いながら取材の旅の準備をしているところだ。

二〇二一年度のゼミの締めくくりにあたって、もう一つだけ、東日本大震災の取材にまつわる話をさせてほしい。

震災発生から約三年が過ぎた二〇一四年二月十三日、NHKの特別番組のロケで岩手県陸前高田市《りくぜんたかた》を訪れた。

陸前高田市は津波で市街地が壊滅状態になり、約千八百人が亡《な》くなっている。二〇一四年の時点でも、まだ市街地の大半は建物が流失したあと手つかずのままで、コンクリートの土台が剝《む》き出しになっていた。

例年以上に寒さの厳しい冬だった。数日前に降った雪がうっすらと積もった街を歩いていたら、コンクリートの土台に小さな花束が置いてあることに気づいた。二日前が二月十一日――「月命日」にあたるので、その家に住んでいて津波の犠牲になった人のために、家族か身内、あるいはゆかりの人が花を手向けたのだろう。

「俺たちも手を合わせよう」とディレクターやカメラマンを誘って、その花束のもとに向かった。すると、意外なものがあった。積もった雪の上に、はっきりと、花を供えた人が歩いた靴の跡が残っていたのだ。

ゴム長靴なのだろう、靴底に滑り止めの溝がたくさん刻まれているのがわかる。靴の跡は一足分しかなかったが、花の前でそれがいくつも重なっていた。そこでしゃがみ込んで手を合わせたのだろうか。一人で来た。この家に住んでいた家族で命が助かったのは、花を手向けた一人きり、ということなのか。それとも、訪れたのは親類や知り合いで、当の家族は残念ながら全員、難を逃れられなかったのか……。

僕は土台の外にたたずんだまま動けなくなった。ディレクターやカメラマンも同じだったのだろう、三人で目配せして、遠くから手を合わせるだけにした。あの靴跡の上に自分の靴跡を重ねてはならない、と思ったのだ。

雪があってよかった。雪がなければ、花を手向けた人が何人でここを訪ね、どう歩いたのか、わからないままだった。

かつて幸せな暮らしがあった場所を訪ね、その日々を偲《しの》びながら、無念の死を遂げた人たちに花を手向ける——その思いを雪が伝えてくれた。

裏返せば、雪がなければ僕はずかずかと土台に入り込み、花に手を合わせただけで、なにごとかを感じ取ったつもりになっていたに違いない。

情けない話だと、八年たったいまでも思う。これからもずっと、この記憶は苦い教訓として胸に残りつづけるだろう。

だからこそ、きみたちに——三期生にはお別れの証《あかし》として、四期生にはゼミ生活の折り返し点にあたって、伝えたい。

雪がなければ気づかないもの、たくさんあるんだぞ。それを忘れるなよ。

そして、きみたち自身が、誰かにとっての雪になってほしい。誰かの目立たない美点や、気づかれづらい寂しさや悲しさを、しっかりと見つけてあげられる人になってほしい。

もちろん、きみたち自身にも、自分にとっての雪にあたる大切な誰かがいるといい。ほかの人には気づいてもらえない自分の良さを、この人だけはわかってくれる——そんな誰かに巡り会えるといいな。

さて、いよいよ二〇二一年度のゼミもおしまいだ。

卒業生は、もしかしたら、もう二度と僕と会う機会はないかもしれない。そんなものだよ、教師と学生なんて。

でも、同期や後輩や先輩との付き合いは、これからも、ぜひ。最高の仲間だったはずだ。オレの仕事なんて、最後はもう、日記の整理とパワポのスライド操作と合評時のタイムキーパーだけだったよなあ……。

それでいいんだ。ほんとうに、それでいい。それだから、いい。

すばらしいゼミだった。その主役は、きみたち一人ひとりだ。ありがとう。

じゃあ、元気で。

さようなら。


最後の最後にもう一回だけ。

みんな、よくがんばったな——。

二〇二二年度　――二〇二三年二月九日・記

本年度のゼミが終わった。

全三十回・六十コマの授業を、なんとか対面でやりきった。

何人かのゼミ生は新型コロナに感染してしまったが、極端な重症には陥らずにすんだし、ゼミでクラスターが起きるという最悪の事態にもならなかった。

まずはそのことについて深く安堵《あんど》し、最後までやったぜ、という喜びを分かち合おう。

あー、よかったなあ……。

がんばったな、きみたち。

いや、ここはひとつ、教師も加えてくれ。

がんばったな、オレたち、みんな。

マスク着用でのゼミ活動は、もどかしさの連続だったはずだ。特に五期生を迎えて間もない春学期の前半は、まだ人間関係もしっかりできあがっていないなか、「マスクさえなければ顔と名前がすぐに一致するのに」と、さぞかしストレスが溜《た》まっていただろう。

僕も春休みのうちに夜なべして、全員の名札をつくった。オール手書き。名札をパスケースに入れるのが大変で（不器用だからね）何度もキレそうになったのが懐《なつ》かしい。名札、もう捨てちゃったかな。できればどこかにしまっておいてほしい。ストラップの色も四期生は青で五期生が黄色と、細かい技を使ってたんだぜ。

みんなに何度もやってもらった課題のプレゼンも大変だった。なにしろ、マスクで顔の下半分が隠れてしまうと、聴き手の反応がよくわからない。発表の詰めの甘さを「てへっ」と笑ってごまかすこともできない（してはいけません）。話す前にはマイクや指示棒をいちいち消毒しなくてはならないし、途中でマスクが鼻からずり下がるたびに位置を微調整して……そんな煩《わずら》わしさで、プレゼンのリズムが乱れたことだってあっただろうな。

聴くほうだってしんどかった。発表の内容に興味津々《しんしん》でも、それを表情で伝えられない。せっかく面白いことを言ってくれたのに、笑って応《こた》えられない。悔しさや申し訳なさは、むしろ聴き手のほうが強かったかもしれない。

でも、きみたちは少しずつ仲良くなっていった。春頃にはまだよそよそしかった距離が、夏から秋、秋から冬、季節が移るにつれて着実に縮まってきた。年が改まったいまでは、すっかり「密」な付き合いの仲間になった。それこそが、ゼミで得た最大の収穫かもしれない。

授業の最終回は、いつもの回と同様、フリートークでの作品合評で締めくくられた。

最後の合評、よかったよ、すごく。マスクをしたまま、みんな、仲間の作品について熱く語り合っていた。あちこちで笑い声もあがった。作品の書き手は、読み手の感想やアドバイスを熱心にメモに書き取り、読み手のほうは、書き手を質問攻めにして、その答えに驚いたり大きくうなずいたり……。

合評は、一度に数作を並行しておこなう。作品ごとに議論の輪ができて、読み手は自由に輪を行き交う仕組みだ。第一部から第三部に分けた最終回の合評では、それぞれ教室に六つの輪ができた。僕は定位置のホワイトボード脇のＡＶ卓に陣取って、つごう十八個の議論の輪を眺めながら、感慨にひたっていたのだ。

よくがんばった、みんな。

ゼミでは、対面と並行してZOOMも開いていた。体調の優れない人、感染に不安のある人、就活その他で教室に来るのがスケジュール的に難しい人には、オンラインで参加してもらった。おかげで、以前なら欠席するしかなかったケースでも出席が可能になった。これ、大きいよね。新型コロナ禍も、少しは役立つレガシーをのこしてくれたのだ。

とにかく、対面とオンライン、二つの選択肢を「好きなほうでいいよ」と、多少なりともポジティブな形で用意することができたのだ。それがなによりもうれしい。

新型コロナ禍の日々、きみたちは常に選択を強いられてきた。しかも、その選択肢は、選ぶ豊かさを味わわせてくれるより、自己責任の厳しさを押しつけてくることのほうが多かった。

外出するかしないか、誰かと食事をするかしないか、マスクをはずすかはずさないか、ワクチンを接種するかしないか、高齢の祖父母の待つふるさとに帰省するかしないか……。「自粛」とは、自ら萎縮《いしゅく》してしまう「自縮」でもあるのだと、僕は思う。きみたちのココロにも縮んでしまった部分が、きっと、残念ながら、悔しいけれど、まったくないわけではないだろう。

新型コロナという疫病《えきびょう》のせいで。

いや、きみたちをなによりも苦しめてきたものは、じつはコロナそのものではなく、「若者たちが——」「気の緩みが——」と難じる世間の空気だったのかもしれない。

そんなことを、ゼミの授業でも繰り返し話したよね。

*

思えば、二〇一八年度に開講した重松ゼミは、どの期の学生も新型コロナの影響を受けてきた。

一期生は、二〇二〇年三月、卒業式のないままキャンパスを巣立っていった。二月の春合宿も中止。ゼミ誌も印刷や製本がどうしても間に合わず、デジタルでの発行になった。二〇一八年四月から一九年三月までのゼミ初年度は、コロナの「コ」の字もなかったかわりに、なにぶんニワカ教師が始めたゼミなので、あらゆる面で試行錯誤ばかりだった。いまならもう少しはうまくできそうなことは、たくさんある。ごめん。でも、そのぶん、忘れがたい思い出がたくさんできたのではないかな。二期生を迎えた二〇一九年の夏合宿も楽しかった。なのに、最後の最後になって、こんなにも寂しい別れ方をしなくてはならないなんて……だからこそ、卒業後も仲良しなんだ、一期生は。

二期生は、自分たちの代が四年生としてゼミを仕切るはずだった二〇二〇年度、授業の大半はオンラインで、教室にゼミ生が集まったのは数回しかなかった。合宿もない。飲み会もない。オンライン就活だって前例がない。そんな「ないないづくし」のなか、夏休みにオンラインでの自主ゼミを何度も開き、バトンを三期生につないでくれた。ゼミ生全員がローテーションを組んで書く日記を始めたのもこの代からで、二期生が発案した書評の共有は、いまでも「ブックガイド付き図書室」として後輩たちに引き継がれている。

その二〇二〇年度にゼミに加入した三期生は、オンラインでしか先輩や同期とつながれない不自由な一年目を過ごした。他の期に比べてジャーナリズム志向の強い学年だったから、右往左往する社会の混乱に、さまざま思うことはあったはずだ。

大学に対面授業が少しずつ戻りはじめた二〇二一年度、後輩を迎えると、前年度の寂しさを取り戻すべく、そして後輩たちに寂しい思いをさせないように、積極的に四期生と付き合ってくれた。四期生はみんな感謝しているし、「先輩方がしてくれたように」を合言葉に五期生と接していた。恩返しではなく、いわば恩送りをして、三期生の厚意に応えたのだ。いいね、すごく。ゼミの大事な伝統がまた一つ生まれたよ。

では、いよいよこの小文の主役——四期生と五期生のきみたちについて。

四期生は二〇一九年四月に入学した。新型コロナ禍以前の大学生活を一年間だけ知っているわけだ。二年生になって文芸・ジャーナリズム論系に進み、サークルでも後輩ができて、さあ張り切ってがんばるぞ、と思った矢先に新型コロナ……。

ゼミの選考にあたってZOOM面接をおこなったのは二〇二〇年秋だった。春学期の授業は全面オンライン、しかも僕の担当する演習はオンデマンド形式だった。動画の視聴と課題作品の提出とフィードバック。これでは、せっかく演習を取ってくれても課題作品を通じてしか接点が持てない。結果、きみたちは全員、ZOOMによる面接で僕と初めて顔を合わせたのだ。

みんな緊張してたなあ。ゼミの最終回の挨拶《あいさつ》でも、面接のときの思い出を語っていた人がたくさんいた。オレだって緊張してたよ。パソコンの画面なのに、誰のときも目をほとんど合わせられなかったのを、いま、懐かしく思いだしている。

じつを言うと、きみたちはゼミの最後の学生になるはずだった。四期生は二〇二三年三月に卒業をして、僕も同じタイミングで任期が終わる予定だった。たとえ五期生に入ってもらっても、卒業まではお付き合いできない。それでは無責任なので、ゼミ生の募集は打ち切るつもりだったのだ。

四期生の募集にあたっての要項に、僕はこんなふうに書いた。

〈僕は任期付きで採用された教師です。その任期が現時点では2023年3月までなので、皆さんが卒業するのと同じタイミングで、僕も早稲田を（名残惜しいけれど）去るわけです。／現状では5期生（2024年3月卒業）の募集はしないつもりです。つまり、4期生には後輩がいない。それをどう見るか。／「後輩がいないのでは寂しいから、つまらない」という受け止め方もあるでしょうし、「3年生がいないぶん、4年生ではゼミ論にじっくり取り組める」という考えも成り立つでしょう。／いずれにせよ、「後輩がいない可能性が多分にありますよ」というのは事

前にお伝えしておきます。当ゼミを志望するかどうか考えるにあたって、それを踏まえておいてください〉

つまり、四期生は「自分たちには後輩がいないだろう」というのを大前提にしてゼミに入ってくれたのだ。

ところが、僕の任期は二年延長され、ゼミも五期生を募集することに決めた。話が違うじゃないですか、というブーイングも覚悟しつつ「五期生の募集をするからね」と伝えると、きみたちは一斉に歓声をあげてくれた。そのときの笑顔は、いまでも忘れられない。

面白いものだな。後輩がいないはずだったきみたちが、いままでの代にも増して面倒見のいい先輩になった。世の中や人生は、面白いよ、やっぱり。

そんな四期生に迎えられた五期生は、二〇二〇年四月に入学——したものの、授業は全面オンラインでのスタートだった。みんなに訊《き》いてみると、一年生の頃にキャンパスに足を踏み入れたのは、わずか数回しかなかったらしい。

だからこそ、ゼミの志望理由書には、入学以来の孤独感を訴える言葉がいくつも並んだ。仲間が欲しい、みんなで集まって同じテーマに挑みたい、前半の二年間は味わえなかった学生生活を後半の二年間で取り戻したい……。

「会う」という、コロナ禍以前ならあたりまえすぎて意識すらしなかったことが、五期生のきみたちにとってはこんなにも大切で、重く、そして愛おしいんだな。僕は粛然とした思いで志望書や課題作品を読み、前年に引きつづいてZOOMで面接をして、きみたちをゼミに迎え入れたのだ。

一年間やってみて、どうだった?

きみたちが希《こいねが》ってきた「会う」に価《あたい》するゼミだっただろうか。さっきから何度も言っているとおり、先輩たちとはだいじょうぶだったな。日記を読んだり合評の様子を見たりしていると、同期の仲もすこぶる良好なようで、なにより。あとは教師との「会う」だけど、これは、まあ、オレが言うことじゃないな。同じ教室で過ごした時間から少しでも多くの学びを得てくれていれば、と願っている。

この四月には、六期生が入ってくる。きみたちも先輩だ。そして六期生は、四期生と同様に「自分たちが最後のゼミ生」「後輩はいない」というのを大前提にして、仲間に加わってくれた。

高校三年生のときに新型コロナ禍に襲われてしまった後輩たちを、どうか、よろしく。

＊

ゼミの最終回、合評をAV卓から眺めながら、僕はちょっと奇妙な連想をしていた。

前述したとおり、この日の合評は三部構成で、それぞれ六作、すなわち議論の輪が合計十八個できたわけだ。

なにかに似てるなあ、と思い当たったのが、遊園地でおなじみのティーカップという遊具だった。ほら、数人乗れるティーカップがステージにいくつも置かれて、ステージが回転しながらカップそのものもハンドル操作で回転するやつ、アレだよ、アレ。

ティーカップは、ただ座っているだけでもいい。ステージが動いてくれるので、なにもしなくても、それなりに「目が回るよー」「クラクラするね」と愉《たの》しめるのだ。でも、その本領は、やはりカップ中央のハンドルを自分で回したときにこそ発揮されるだろう。ステージの回転に任せるのは受け身だが、ハンドルを回すのは自分の意志で、カップが回転する速さも自分で決められる。のんびりした時間を愉しむならゆっくり回せばいいし、「目が回るよー」「クラクラするね」の感覚をさらに増したいなら速く回せばいい。疲れたら、ステージの動きに身を委《ゆだ》ねて休もう。そしてまたハンドルを握って、カップを回して……。

ゼミと合評の関係も同じだな、と思ったのだ。

ゼミ全体がステージだ。教師の僕はステージの回転を担当した。自分なりにいろいろなレクチャーをしたつもりだ。課題の発表や書評にフィードバックをつけ、参考文献を紹介し、みんなの日記を編集・共有してきた。でも、せっかく対面で同じ教室にいるのに、教師のレクチャーを受けるだけでは、やっぱり物足りない(でしょ?)。そのための合評なのだ。僕はあえて加わらない。学生同士が語り合い、論じ合って、議論の輪がティーカップのように自ら回りはじめる。

それをAV卓から見るのが好きだった。タイムキーパーとして「残り五分」「はい、おしまい」と告げるのが心苦しかった。合評を打ち切られたきみたちは皆、がっかりした顔でこっちを振り向く。ごめんな。でも、不服そうなまなざしをみんなから浴びるのも、僕は決して嫌いではなかったのだ。

＊

さて、いよいよお別れのときが来た。

最後になにを語ろう。

ティーカップから遊園地つながりで、こんな話はどうかな——。

＊

昭和の頃、もう半世紀以上も前の話である。

観覧車の大好きな少年がいた。

家族で遊園地に出かけると、必ず観覧車に乗る。昔のことだから、それほどサイズは大きくない。一周するのに十分もかかっていなかったのではないか。

ただ、昔は高い建物が少なかったので、眺望はなかなかのものだった。ゴンドラが昇るにつれて遊園地の園内が手に取るようにわかるし、てっぺんに近づくと街が見わたせる。

少年は、せっかちで飽きっぽい性格だった。

一方、観覧車はジェットコースターのようにスリルたっぷりではないし、メリーゴーラウンドやティーカップのようにグルグル回りどおしというわけでもない。いまならチル系というか、まったり系というか、いささか退屈な乗り物なのだ。

そんな観覧車を少年が気に入っていたのは——じつは、こういうわけだった。

ゴンドラが上昇を始めると、少年はすぐに窓に顔を張りつけて、園内の様子に気を取られてしまう。次はなにに乗るか、早くも考えているのである。

えーと、観覧車を降りたら、すぐにゴーカートに行って、そのあとティーカップに回って、ボート池のほとりの広場でアイスクリームを食べてから、橋を渡ってフラワートレインに乗って……。

やがてゴンドラはてっぺんに近づいて、園内は視界から消える。代わりに広がる街の眺望に、うわあ、すごーい、と騒ぐのも束《つか》の間《ま》、ゴンドラは下降を始める。街が見えなくなり、園内が再び眼下に広がってくる。ここからは早く降りたくてしかたない。ゆっくり動く観覧車がもどかしくてたまらない。一緒に乗った両親に呆《あき》れられ、落ち着きのなさを軽く叱られたりしながらも、少年のココロは、もう、次に乗る遊具へと向かっているのだ。

地上に着く。係員が外から扉を開けるやいなや、少年はダッシュの勢いでゴンドラから降りる。早く早く、次はあっちだよ、と両親を手招きながら駆けだして、けつまずいて転んで、膝《ひざ》を擦りむいて半べそをかき、今度は両親に本気で叱られるのである。

ご想像どおり、少年は、うんと昔の僕だ。

観覧車には申し訳ないことをしたな、と思う。もしもゴンドラに人格があれば「なんて失礼なガキなんだ」と怒って、駆けだす少年の背中をにらみつけていただろうか。それとも、「まあ、しかたないか」と苦笑いで少年を見送り、新しい乗客を迎えただろうか。なんとなく後者のような気はするけど……都合が良すぎるかな？

でも、僕はいま、観覧車の役割も悪くないぞ、と思っている。

きみたちにとってのゼミも、そんな存在だったらいいな、と願っている。

みんなで乗り込んだゴンドラからは、いろんな景色が見えただろう？　ロシアとウクライナ、新型コロナ禍、政治と宗教、東京五輪の負の遺産、エネルギー危機、生活苦、ヤングケアラー、ハラスメント……。暗い景色が多かった。でも、よーく目を凝らせば、小さな暖かい灯だって確かにあったし、それを見つけることが、みんなだいぶうまくなった。

そして、きみたちは、それぞれの追究するテーマと出会った。家族、普通と病の境界、セクシャリティ、宗教、AI、エシカル消費、学生街と雀荘《ジャンそう》の関係……いいぞ、いいぞ。

教師の役目は、油断すればすぐに曇ってしまう窓ガラスをこまめに拭《ふ》いて視界を確保することと、ときどき「ほら、あそこにあんなものがあるぞ」「もっと足元に目を向けると、こんなものも見えるんじゃないか」とアドバイスすることぐらいのものだった。なんだか、観光ロープウェイのガイドさんみたいだけど。

ゼミを終えるにあたって、きみたちの多くが「居心地が良かった」と言ってくれた。ゴンドラのメンテナンス担当として、うれしいよ。でも、ほんとうに大切なものは、そこから眺めた景色なんだ。その景色からきみたちが見つけたものなんだ。ゼミ論にまとめるテーマだけではない。未来も見えなかったか？　明日からの自分が進みたい道が、空からの視点で見わたせなかったか？　遊園地でたくさんの乗り物を空から眺めながら、次はどれに乗ろうかなあ、とワクワクしながら考えるのは、小さな未来を夢見ることでもあるんだよ。

ゴンドラはそろそろ地上に着く。

四期生——ゴンドラを降りる用意はいいかな。

すでにゴンドラが宙空にあるうちに「卒業後に自分の目指すものは、あの方向だ」と進む道を見つけた人は、早く外に出たくてうずうずしているだろう。「あの道は一見歩きやすそうだったけど、行き止まりになってたから気をつけよう」とチェックを入れた人もいるはずだ。「とりあえず外に出なきゃわからない」というのも悪くない。まだ先は長い。これからのほうがずっと長い。腹が減ったらメシだ。疲れたら、しっかり寝よう。元気で。いつまでも。

五期生——きみたちのゴンドラはもう一周。来年度もがんばろう。

そして四期生の降りたゴンドラには、もうじき六期生が乗り込んでくる。

「歴史」とか「伝統」なんて大げさな言葉はつかいたくないけど、「つながっていく」とは、こういうことかもしれない。

では。

また、どこかで。
それまで……。
そうだ、コロナがしんどかった二〇二一年、こんな合言葉もつくったね。
じゃあ、もう一度。
また、どこかで、必ず会おう。
それまで、キープ・ゴキゲン！

反抗期

1

トモノリは両耳にかけたマスクの紐《ひも》を指でつまんで、軽く引っぱった。

緊張するぼくたちに「平気だよ、オレ、なーんにも怖くないもんね」と言って、紐を少しずつ耳から浮かせる。

「いいか、いくぞ、いくぞ……」

もったいをつけながら、あたりをぐるりと見回す。誰かに見られたら大変だ。でも、だいじょうぶ。もともとめったに人が通らない体育館の裏だし、六年二組の教室を出てからは何度も後ろを振り向いて、よけいなヤツがついてこないよう気をつけていた。ここにいるのはぼくたち五人――秘密を守れる親友だけだ。

「よし、スリー、ツー、ワン……」

カウントダウンで盛り上げておいて、「ゼロになったら、はずすから」とボケる。

ぼくの両隣のリョウタとシンちゃんは、トモノリのボケに付き合って、あらあらあら、とずっこけたけど、ぼくはリアクションなしでうつむくだけだった。

ごめん、全然面白くない。

でも、気持ちはわかる。

トモノリだって、ほんとうは緊張しているのだ。見ているぼくたちでさえ胸がドキドキしているのだから、本人の胸はドキドキではすまず、バクバクかもしれない。

校内ではマスク着用がルールだ。授業中はもちろん、休み時間もマスクをはずすのは禁止――放課後のいまも。

四年生の二学期に始まったそのルールは、「廊下は右側通行」とか「上履きのかかとを踏みつぶさない」といった古くからの決まりごとより、はるかに厳しい。マスクをはずして友だちとおしゃべりしているのを先生に見つかったら、ふつうのイタズラとは比べものにならないほどキツく叱《しか》られる。

それを覚悟して、トモノリはいま、マスクをはずそうとしているのだ。

「だってムカつくだろ、こんなの」

さっき教室を出る前に、自分の決意を確認するみたいに言っていた。

「なんでオレらだけマスクなんだよ、おかしいだろ、不公平だよ」

その気持ちも、よくわかる。

「もう、うんざりだって……」

わかる。

六年生の二学期が、もうじき終わる。マスク着用のルールは三学期になってもこのままだろう。

でも、先月開幕したサッカーのW杯の配信を見ていたら、「あれ?」と気づいた。

マスクなんて、誰もしていない――。

開催地のカタールの人も、観戦する世界各国の人も、あと、日本代表を応援している日本人サポーターだって……この人たち、日本ではマスクしてるんだよね……

でも、カタールならマスクなしでもOKってことで……なんで……?

ぼくはモヤモヤする程度で終えていたけど、同じ配信を見たトモノリは違った。

「なんなんだよ、アレ! マジにアタマ来た、ぜってー許さねえっ!」

それをきっかけに、いままで見逃していたことにどんどん気づいてしまった。

「よく考えたら、テレビに出てるヤツって、みんなマスクしてないよな。アクリル板立ててればいいってこと？　でも、オレら、席にアクリル板を立ててもマスクじゃん。おかしくね？」

確かに、テレビのバラエティ番組のグルメコーナーでも、タレントさんは「アクリル板さえあればいいんだ」みたいに、フツーに食べて、フツーにレポートしている。〈感染対策をおこなったうえで撮影しています〉なんていうテロップを入れれば、なんでもOKなのだろうか。

でも、ぼくたちの学校では、給食は全員前を向いて、黙って食べなくてはいけない。黒板の脇《わき》には〈黙食〉という紙が貼《は》ってある。黙って食べなさい。食べ終わったらすぐにマスクをつけなさい。トモノリは「もくしょく」を「だまぐい」と読み間違えて、クラス担任の小林先生——コバセンにあきれられたけど、絶対にわざとだよな、とぼくは思っている。

「去年のオリンピックだって、なんだよ、ニッポンの小学生が運動会できないのに、なんで世界中から選手を集めて運動会やるわけ？　オリンピックは延期できるけど、オレらはやり直しできないんだっつーの！」

ほんとうはおととし開かれるはずだった東京オリンピックで、トモノリのウチは体操の入場券を抽選で当てていた。それがムダになってしまって、よけい怒っていたのだ。

とにかく、ぼくたちはみんな、ずっとモヤモヤしていた。

トモノリはもっとはっきり、ムカついていた。

W杯の日本代表は、ゆうべ遅く――日付が今日に変わってからの試合で、クロアチアにPK戦で負けてしまい、ベスト16で大会を終えた。

惜しかった。勝てたかもしれない試合だったから、よけい悔しい。

その悔しさもあって、トモノリの怒りは頂点に達した。

だから同じ十二月六日、火曜日に、マスクをはずすことを決めたのだ。


「……悪い、ちょっと休憩、ちょっとだけ」

トモノリは紐から指を離した。紐はまた耳の後ろにしっかりとかかる。

リョウタとシンちゃんは「ええーっ」とブーイングしたけど、「じゃあおまえらやってみろよ」と言われると、そろってうつむいた。

トモノリはぼくを見て「ユウはオレの次なんだろ？」と言った。

「――え？」

「二番目」

「――ん？」

「マスク取る順番」

ちょっと待てよ、なんだよそれ、そんなのいつ決まったんだよ、マスクを取るのってトモノリだけだろ、オレら見学だろ……。

言い返そうとしたけど、トモノリはもう話し相手をアッシに変えて、「緊張するー、緊張するー」と胸を手で叩《たた》いていた。

もういい。あきらめた。

最近こういうパターンが多い。会話のテンポがずれてしまう。反論や抗議という大事な言葉だけではなく、ツッコミとかダジャレとか、ふと思いついたものをパッと言えないことが増えた。

マスクのせいだ。マスクをしていると、一言しゃべるのも「わざわざ」になる。せっかく面白いことを思いついても、その瞬間にパッと言えないと、急につまらなく感じられる。まあいいか、べつにしゃべるほどのことでもないか、で黙ってしまう。小説やマンガによく出てくる「言葉を飲み込む」というのは、こんな感じなのかもしれない。

聞き手にまわっても同じだ。誰かのしゃべった言葉が冗談なのか本気なのか、口元を見ればすぐにわかるのに、顔の上半分だけだと、ぜんぶマジの話に聞こえてしまう。

いまも、そう。

オレ、二番目なのか、トモノリの次の二番目なんだな、うん、そうなってるんだな、そっか、じゃあアレだ、オレもマスク取りたかったような気がしてきたし、ってことで……と一人でうなずいた。

納得はしていない。でも、受け容《い》れた。

そんなのおかしい、って――？

だったらオレ、マスクなんて、全然納得してませんけど。

初めて発見されたウイルスによる感染症が、三年前から世界中に広がっている。たくさんの人が亡《な》くなった。テレビで人気だったタレントさんも亡くなったし、ウチの遠い遠い親戚《しんせき》のおばあさんも亡くなった。トモノリのイトコの友だちの友だちが通う小学校では、一年生の子が十何人も亡くなったという噂《うわさ》だった。

新型ウイルスは、飛沫《ひまつ》感染といって、会話のときに飛ぶ唾《つば》に潜り込むので、誰かと会って話すだけでも危険だ。

感染を予防するには、とにかく誰にも会わないこと。だから、ぼくたちも四年生の一学期は学校に通うことがほとんどできなかった。授業の大半はオンラインでの自宅学習になってしまい、たまに登校するときも、出席番号の奇数と偶数に分かれて半分ずつで、いつも行き違いになってしまうトモノリとは、教室で顔を合わせたのは一度もなかった。

二学期からは少しずつ登校する回数が増えてきた。でも、飛沫感染を少しでも防ぐためにマスクは欠かせない。一人ひとりの席に透明のアクリル板も置かれた。みんなで集まったり、どこかに出かけたりする行事は、ぜんぶ中止。トモノリのイトコの友だちの友だちが通う小学校では、こっそり遠足に出かけた三年生のクラスで集団感染が発生して五人が亡くなり、担任の先生は責任を感じて自殺したという噂だった。

五年生の一年間も、そんな感じで過ぎていった。六年生の一学期と二学期も、同じ。

マスク着用のルールは、最初は「しばらくの間は」「状況が落ち着くまで、とりあえず」という感じで始まった。ぼくも覚えている。マスクを面倒くさがっていると、お母さんに「ちょっとの辛抱なんだから、がまんしなさいよ」と苦笑交じりに叱られたのだ。

でも、それから二年半、ぼくたちはまだマスクをはずせない。「しばらく」や「とりあえず」や「ちょっと」は、嘘《うそ》だった。ウチで文句を言うと、今度はお父さんに「しょうがないだろ、がまんしろ」と本気で叱られた。

二学期は再来週の金曜日が終業式だ。残り十七日。奇跡が起きないかぎりマスク着用のルールは変わらないだろう。三学期も、卒業式も……マスクだな、とあきらめている。卒業式がなかった二年上の先輩よりましだよ。そういう発想、自分でも嫌だけど。

トモノリがマスクをはずした。

顔の下半分が見えた瞬間、ぼくは「うおおーっ」と声を漏らした。リョウタとシンちゃんも同じようにどよめいた。

「あー、さっぱりするーっ、空気、うまっ」

トモノリは気持ちよさそうに深呼吸した。

誰かが来たらすぐにごまかせるよう、マスクは顎《あご》に引っかけたままだけど、それをはずしたら、もっと気持ちいいんだろうな。

「やっぱり外の風はいいよ、寒いけど」

自分の両頰を左右交互に軽くビンタして、すっかりゴキゲンなトモノリを見ていると、さっきまで気にならなかったマスクの肌ざわりが急にうっとうしくなってきた。紐のかかった耳の付け根もむずがゆくなった。

今日はこの冬一番の寒さで、体育館の裏は陽が射《さ》さないので底冷えがして、立っていても思わず足踏みしてしまうほどだった。頰や鼻が寒くないのは、マスクの数少ない長所だけど、いまは逆に、寒さで頰の表面が痺《しび》れてしまう感覚をひさしぶりに味わいたい。

「ユウ、なにやってんだよ、おまえオレのあとだろ、早くしろよ」

「……うん」

順番を勝手に決められたのはムカつくけど、ぼくも本気でマスクを取りたくなった。だからすぐ、迷わないうちに、パッと取った。はずみで耳から紐が抜けた。まあいいや。マスクを完全に顔から取ると、耳が軽くなった。頰に当たる風が、冷たくて、ちょっと痛くて、サイコーに気持ちよかった。

リョウタとシンちゃんも、見学だけでは物足りなくなったのだろう、自分からマスクをはずした。「うひょーうっ」とシンちゃんが奇声をあげ、リョウタは手に持ったマスクを高々と掲げて、でたらめの振り付けで踊る。

なにかに似ている。そっか、と思いだした。水泳の授業で服を着替えているとき、パンツを脱いだあとはみんなテンションが上がって、ワケのわからないはしゃぎ方になる。三年生のときのシンちゃんなんて、バスタオルも巻かない素っ裸で「ちんぽ、ぶらぶらっ」と更衣室の中を走りまわっていたのだ。

でも、四年生と五年生の夏は、水泳は中止になった。マスクを着けたままでは泳げないからという理由――じゃあ取ればいいじゃん、と思うけど。

今年の夏は、一回だけプールを使った。でも、私語厳禁で、「密」を避けるために十人ずつ順番にプールに入って、同じ向きでコースを一往復したら、はい、交代……。

全然面白くなかった。しかも、学校指定の水泳パンツは三年生までのサイズでは小さくなったので、一回だけの授業のために買い換えなくてはいけなかった。お母さんは保護者会で「六年生は特別に自分の水着でOKでいいんじゃないですか？」と提案したけど、先生には受け容れてもらえなかった。「まったく融通が利《き》かないんだから」とお母さんは愚痴っていた。この三年間で、お母さんは学校のことをすっかり嫌いになってしまった。ぼくもそうだけど。

「――あれ？　なんで？」

トモノリが不意に言った。

怪訝《けげん》そうな目は、ぼくの肩越しに、アッシに向いていた。

「アッシ、なにやってんの。早くマスク取っちゃえよ」

振り向くと、ぼくのすぐ後ろだったはずのアッシは、思ったより遠くにいた。リョウタとシンちゃんに気を取られているうちに、あとずさったのだろうか。でも、なんで？

アッシはマスクを着けたままだった。紐に手を伸ばす様子もない。なにか迷っているような、困っているような、悩んでいるような……マスクがなければ、もうちょっとわかると思うけど……。

「アッシ、おまえの番だって」「早くしろよ、はずすとマジに気持ちいいから」「誰か来たらヤバいし、早くしようぜ」「そうだよ、あとおまえだけなんだから」

リョウタとシンちゃんに急《せ》かされても、アッシはマスクに手をかけない。返事もしない。ぼくたちみんなを見つめたまま、一歩、二歩、さらにあとずさった。

「あ、わかった、おまえ裏切るんだろ、先生に言いつけるんだろ」

トモノリが怒った声で言うと、アッシはあわてて、違う違う違う、言わない言わない、とマスク越しにモゴモゴと言いながら、首と手を一緒に横に振った。

「じゃあマスクはずせよ」

また首を横に振る。眉《まゆ》が寄って、下がる。やはり困っている……あと、悲しんで、寂しがっているようにも見える。マスクさえなければ、もっとよくわかるはずなのに。

いったん止まっていたアッシの足が、また動きだす。さらに、あとずさった。

「帰っちゃうの？」

ぼくが声をかけると、うんうんうん、とバネみたいに首を縦に振って、「ごめん！　用事あるから、バイバイ！」とダッシュした。

呼び止める間もなかった。

アッシが走り去ったあと、残されたぼくたちは顔を見合わせて、誰からともなく、またマスクを着けた。さっきまであんなに盛り上がっていた気分が、急にしぼんでしまった。

「ユウ……アッシ、なんか、怒ってた？」

トモノリに訊《き》かれて、「っていうか、困ってた感じだけど」と答えた。

「なんで？」

「そんなの、わかんないけど……」

「わかんないけどって、なんだよ、無責任なこと言うなよ」

やつあたりされた。トモノリはいいヤツだけど、ワガママで短気で、怒りっぽい。

マスクを着けているときは、特に。

シンちゃんが「さっきから元気なかったよ、アッシ」と言った。「全然しゃべってなかっただろ」

言われてみれば、そうだ。

「昼休みもけっこう黙ってなかったか?」

これも、リョウタの言うとおりだった。

昼休みにトモノリが「オレ、放課後にマスク取るから」と言いだして、どこなら先生に見つからないか、みんなで相談していたとき——確かに、アッシはほとんどしゃべっていなかったのだ。

「なんなんだろうな」「ウンコ行きたかったとか」「ばーか」「でも、意外とそうかも、今日寒いから腹が冷えたんじゃね?」「じゃあいいよ、それで」「ウンコな」「下痢ってことで」「かわいそー」……。

どっちにしても、マスクをはずしたあとの気持ちよさは、もう消えてしまった。いつものメンバーから一人いなくなるだけで、こんなにつまらなくなるなんて、がっかりだ。

でも、最近、こういうパターンが増えた。楽しさが長続きしない。けっこう弱い。盛り上がっていても、ちょっとしたことですぐに終わってしまう。

これも、マスクのせい——？

か、どうかは知らないけど、まったく関係ないとは思わない。

2

「ねえねえねえ」

その日の塾帰りに、同じクラスのサエコに駐輪場で呼び止められた。

「マスクはずしたでしょ、学校で」

「——え？」

「トモノリとかシンタローとか男子バカ軍団みんなで」

「……はあ？」

「昼休みに相談してたの、聞こえたもん」

マジ？　動揺して目が泳ぎ、眉が寄ったのが自分でもわかる。ポーカーフェイスをキープできなかった。

「なんか……言ってる意味わかんないけど」

自転車のペダルを踏み込んで逃げようとしたら、前に回り込んだサエコの自転車に通せんぼされた。

「で、アレだよね、終わりの会のあと、中庭のビオトープに行ったんでしょ？」

「違《ちげ》えよ、なに言ってんだよ」

「え？　だって見た人いるよ、理科準備室の窓から」

「ありえねーっ」

「嘘つかなくていいから。証人いるもん、ビオトープの池でしょ？　みんなでウンコ座りしてマスクはずしてた、って」

「そんなところ行ってねーし」

「でも中庭は中庭なんだよね？」

「違うって」

「じゃ、どこ」

「体育館の裏だよ」

言った瞬間——ひっかかった、と気づいた。でも、もう遅い。マスクで隠されていても、口がぽかんと開いたままになったのは、サエコにも伝わったはずだ。

「死ぬほどわかりやすいバカだねー」

あきれられた。お母さん同士が友だちのサエコとは幼稚園の頃からの付き合いだから、バカとかブスとか、お互い言いたい放題なのだ。

「でも、だいじょうぶだよ、言いつけたりしないから」

サエコは自転車を一漕《ひとこ》ぎした。前が空いたので、ぼくもペダルを踏み込んだ。

ウチの方角が途中まで同じなので、なんとなく、しかたなく、一緒に帰ることになった。

ひさしぶりだった。

でも今度からこういうのが増えるのかも、と思うと、ちょっと背中がもぞもぞした。

中学受験をするサエコは、塾の特別進学クラスに通っている。ぼくは学校の授業の予習復習が中心の応用クラスで、いままでは曜日が違っていた。でも、受験まで二ヶ月を切って、特別進学クラスは週三日だった授業の日数が、今週から一日増えて、応用クラスと重なる日ができたのだ。

「マスク取ってみて、どうだった？」

「べつに……」

「気持ちよかった？」

「まあ……わりと」

ごまかした。素直に「気持ちよかった」と言うのが、なんだか負けっぽくて嫌だった——勝ち負け、関係ない気もするけど。

サエコは、ふーん、と相槌《あいづち》を打って、「じゃあもうやらない？」と訊いた。

返事に詰まった。サエコの自転車が真横に並んでいたので、少し前に出て、視線から逃げた。でも、すぐに追いつかれてしまう。

「先生に言いつけるとか、絶対にしないけど……ユウくん、マスクする理由ってわかってるよね？」

「わかってるよ」

「じゃあ言ってみ？」

「マスクしないとうつるから」

「ブーッ」

即座に間違いブザーを鳴らされ、「テストだったら△だね」と言われた。半分しか当たっていないということだ。

あ、そうか、と付け加えた。

「マスクしないと、誰かにうつすかもしれないし」

「ピンポーン」

これで正解。

でも、ほっとする間もなく――。

「じゃあさあ、ユウくんがマスクをはずしたせいで誰かにウイルスをうつしちゃったら、どうするの？」

返事にまた詰まってしまった。

このウイルスは、感染してもしばらくは発熱や咳《せき》といった症状が出ない。その間に、自分でも気づかないうちにウイルスを周囲にまき散らして、誰かにうつしてしまう恐れがあるのだ。

「マスクはずしてウイルスをうつされるのは自分の勝手だけど、人にうつしたら大迷惑だと思わない？」

……思う。

だから、押し黙るしかなかった。

さらにサエコは追い討ちをかける。

「迷惑ですまなくなるかもよ」

……確かに、そう。

感染したときの症状はさまざまだった。まったく無症状だったり軽い風邪程度で終わる人がいる一方で、何日も高熱で苦しんだり、肺炎を起こしたり、後遺症で病院に通いつづけたり……亡くなってしまう人も、もちろん、たくさんいる。もともと糖尿病や心臓病などを患《わずら》っている人や高齢者は、特に危険だという。

「そういうのを考えたら、やっぱり無責任だと思う、マスクはずす人って」

もしもぼくがいま無症状のまま感染していて、マスクをはずしたせいでウイルスを誰かにうつしてしまい、その人が万が一亡くなったら――。

オレのせいってこと――？

自転車のハンドルがふらついた。ペダルが重くなった。長い上り坂に差しかかっていた。ふだんはだいぶ手前からスピードを上げておいて、勢いのまま一気に上りきるのに、話に夢中になって助走を忘れてしまった。

「押して歩かない？」

サエコはそう言って、さっさと自転車を降りた。がんばってペダルを全力で踏んでいけば、サエコを置き去りにして一人で帰ることができる。

でも、ぼくは自転車を降りた。この流れで一人で帰ってしまったら、どう見たって逃げだしたことになる。そんなの嫌だ。

横に並んで自転車を押し歩きしながら、サエコは話を続けた。

「ねえ、男子ってけっこうマスクに文句つけてるよね」

「だって、ウザいじゃん」

「ウザくてもしょうがないでしょ。まだ特効薬がないんだし、ワクチンだって効いてるのか効いてないのか、よくわかんないし。とにかくいまは、うつらない、うつさない、が一番大事でしょ」

先生と同じことを言う。お父さんやお母さんも似たようなことを言っている。サエコは真面目《まじめ》だし、読書感想文でもオトナみたいな書き方で先生にほめられているから、「こっち」ではなく「あっち」のチームなのだ。

「それに、文句ばっかり言うんじゃなくて、マスクのいいところを探してみれば?」

「ないないないっ」

「そう?　わたしはマスクのおかげで助かってること、けっこうあるけど」

たとえば——。

「歯列矯正のワイヤーを付けてる間は、ずーっとマスクでもいいなあ」

「ワイヤーしてるっけ?」

「うん、夏休みに歯医者さんに付けてもらった。知らなかったでしょ、マスクのおかげだよね。オトナの人だったら、プチ整形のチャンスになるんじゃない?」

あと——。

「去年もおととしも風邪をひかなかったし、インフルエンザにもかからなかったのって、マスクのおかげだと思う」

もともと冬に外出するときにはマスクを着けていた。さらにみんながマスクをしているので、予防効果が一気に上がったわけだ。

「受験のときに病気になったら最悪だし、自分のせいじゃなくて人からうつされるのって、ほんと、悔しいでしょ?」

「……うん」

「はっきり言って、受験が終わるまでは世界中の全員にマスクしてほしい」

冗談めかしていたけど、本音だろう。

思わず「体育館の裏、明日から行かないほうがいいかも」と言った。もしも、万が一、ぼくたちがウイルスをまき散らしていて、それをサエコが吸ってしまったら……と思ったのだ。

「そんなうつり方しないって。直接会ってなかったら平気だから」

サエコは笑って、「それより自分の心配したほうがいいんじゃない？」と言った。

「男子バカ軍団って、ウチに帰って遊ぶとき、マスクしてないでしょ。わたし、ちゃーんと教えてもらってるんだから」

「誰から？」

驚いて訊いて、すぐに――またひっかかった、と気づいた。

「わかりやすいね、ほんと。オレオレ詐欺《さぎ》とかに絶対にだまされちゃうよ」

「……べつに隠してなかったし」

学校のルールでは、放課後も自宅以外の場所ではマスクを着けていなくてはいけない。外でマスクなしで遊んでいると、すぐに学校に匿名《とくめい》の電話がかかってくる。

屋外で近くに人がいないときなら、マスクなしでもかまわない。テレビや新聞はそう伝えていても、実際には広い道ですれ違うだけでも、オトナににらまれてしまう。いきなりジジイに怒鳴られた子もいる。トモノリのイトコの友だちの友だちが通う小学校の校区では、マスクをしていない人を取り囲んで暴力をふるうグループが見回りしているという噂で、トモノリによると、そのグループの支部がウチの学校の校区にもできたという噂もあるらしい。

でも、家の中で、秘密を守れる親友と一緒ならだいじょうぶ。そうなると、遊ぶ相手も自然と親友限定——サエコの言う男子バカ軍団の五人だけになって、みんなのウチを順番に回って遊ぶようになった。

もともと「フットサルのチーム組もうぜ」とトモノリが言いだして集まった五人なのに、家の中でゲームしてばかりだ。最後にフットサルをしたのは去年の夏休みで、マスクを着けてプレイしていたら暑くて暑くて、リョウタが熱中症でぶっ倒れそうになったのだ。

「まあ、でも……みんなそうだよね。ウチの中で友だちと遊ぶときは、マスク取るよね、ふつう」

　意外と優しく言われた。オトナみたいな正しいお説教を覚悟していたのに、拍子抜けしてしまった。

「女子も？」

「うん、なんか、そうみたい」

　微妙な言い方をした。他人事《ひとごと》のような、突き放すような、「あっち」と「こっち」に分かれた相手について話しているような。

　サエコもマスクはずしてるの？　と訊くつもりだったけど、なんだか口に出しづらい雰囲気になってしまった。サエコも話を続けなかったので、僕たちはしばらく黙って歩いて、そのまま坂を上りきった。

「じゃあ、わたし、コンビニに寄って帰る」

　サエコは自転車に乗るとすぐに、バイバイと手を振るだけで漕ぎ出してしまった。

　話は尻切《しりき》れトンボになった。

　ただ、その中途半端《はんぱ》な終わり方に、やっぱりそうだよな、と納得した。

　六年二組の女子は、最近、ちょっと雰囲気が悪い。いくつかのグループに分かれて、ひそひそと別のグループの悪口ばかり言っている。男子にもわかるほどだから、女子の中ではもっとキツいバトルになっているのかもしれない。

一学期や二学期の前半は女子のまとめ役だったサエコが、受験勉強が忙しくなって、みんなとあまり関わらなくなったから――。

ぼくはそう思っている。でも、それを言うとサエコがかわいそうな気もする。

「密」になってはいけません、ソーシャルディスタンスをとりなさい、と先生が言うとおり、サエコがみんなから距離を置くのは正しいことなのだ。

ちょっと苦しい？

3

トモノリは翌日の水曜日もぼくたちを誘って、放課後に体育館の裏に向かった。

「もうだめ、禁断症状……ううっ、ヤクをくれ、ヤクをくれえ……」

ドラマで観《み》た薬物中毒の男の真似《まね》をして、うめきながら胸を掻《か》きむしる。

禁断症状――マスクのこと。

トモノリはマスクをはずした気持ちよさが忘れられないのだ。

ぼくが「ウチに帰ってからでいいじゃん」と言っても、だめ。ウチではずしても意味がないらしい。体育館が見えて、校舎も見えて、チャイムが鳴って……「学校だよ、学校学校、学校でマスクを取るから、気持ちいいんだよ」と力んで言う。

よくわからないけど、でも、なんとなくわかるかも。

リョウタとシンちゃんは、トモノリとほとんど同時にマスクを取って、昨日と同じようにテンションを上げていた。

でも、アツシはいない。「ごめん、用事があるから」と一人で帰ってしまったのだ。

昼休みに廊下に出て、上履きをボール代わりにしたサッカーで遊んでいるときも、アツシは「オレ、ゴールキーパーやる」と言って、少し離れたところにぽつんと立ったまま、ほとんど参加しなかった。

二日続けて、様子がおかしい。トモノリも「なんなんだよ、あいつ」と首をひねっていた。もっとも、トモノリが心配していたのはアツシのことではなく、アツシが先生に言いつけないか――「バレたら絶対に怒られる、っていうのがいいんだよな」とカッコつけているわりには、ビビリなのだ。

「ほら、ユウもマスク取れよ」

「うん……」

ゆうべのサエコの話が、頭の片隅に残っていた。マスクを取ると、ウイルスをうつされるかもしれない。うつしてしまうかもしれない。うつされるのは自分の勝手だけど、うつしてしまうのは無責任。確かにそうだ。サエコの言っていたことは正しい。

「早くしろよ」

急かされた。言葉だけでなく、背中を小突かれた。トモノリは最近どんどん気が短くなって、乱暴にもなっている。

「あ、わかった、ユウ、怖いんだろ」

へへっ、と笑う。勝ち誇ったような、こっちをバカにして、ケーベツしているような、嫌な笑顔だった。マスクを着けていたら、そこまではわからなかったかもしれない。

「なに怖がってるんだよ、弱虫」

ムカッと来て、マスクをはずした。

「これで文句ある?」とにらんで言うと、トモノリは「なにキレてんだよ、ばーか」とそっぽを向いて、昨日に続いてヘンな踊りをしているリョウタとシンちゃんのもとに駆けだした。

ぼくとトモノリは親友なのに、正直に言うと、最近ちょっと、ほんとうに仲がいいのかどうかわからなくなっている。

トモノリはその後も毎日、放課後になると体育館の裏でマスクを取った。週が明けて水曜日になると、とうとう放課後だけでは物足りなくなって、昼休みにも「ちょっと行こうぜ」とマスクの紐を耳から浮かせるポーズを付けて誘ってきた。

ぼくたちは、しかたなく付き合って——と思っているのは、ぼくだけかもしれない。リョウタとシンちゃんは、トモノリが目配せしただけでうれしそうにうなずく。体育館の裏に着いて、誰もいないのを確かめると、トモノリより先にマスクを取るときだってある。

アツシは、いない。

誘っても来ない。「用事があるから」と言って、ごめん、と両手を合わせて謝る。誰かのウチに集まって遊ぶことになっても、「今日は留守番だから、ごめん」と乗ってこないし、「じゃあアツシのウチにしようぜ、留守番しながら遊べるから」という流れになると、びっくりするような剣幕で「だめ！　絶対だめだから！」と言う。

休み時間もそうだ。みんなで盛り上がっていても、少し離れたところに立って、騒いだはずみで誰かがぶつかりそうになると、あわててあとずさる。

もともとおとなしいヤツだけど、こんなに無口なことはいままでなかった。話を聞くときにも、マスクの上から蓋《ふた》をするように、手を口元にかざしているのだ。

やっぱりおかしい。絶対になにかある。でも、トモノリはその理由を考えるより、「なんなんだよ、あいつ」と、ただムカつくだけで――。

「もういい、アツシは絶交」

水曜日の放課後、体育館の裏で言った。

口をとがらせているのが、マスクなしだとよくわかる。「サイテーだよ、つまんねえヤツ」──「つま」のところでツバがしぶきになったのも、見えた。

「ウイルスが怖いんだよ、あいつ」

リョウタが言った。トモノリのご機嫌をうかがうみたいに、へへっ、と笑いながら。

シンちゃんも横から「オレなんか全然怖くないもーん」と胸を張って、すーはー、すーはー、と深呼吸までした。

二人ともほんとうに怖がっていないのか、無理をして強がっているのか。どっちも正解のように思えるし、どっちも間違っているような気もする。

ぼくは──。

マスクは取っている。でも、ついうつむいてしまう。顔の向きも、誰とも正面にならない角度にしている。息が浅い。笑うときは、声をあげずに頬をゆるめるだけ。マスクを着けているときは逆だった。声を出さないと笑っているのが伝わらない──そっちのほうが楽だったかも。ふと、思った。

「でも、いままでは、アッシもウチで遊ぶときはマスク取ってたよな」

トモノリの言うとおりだ。

アッシは急に変わってしまった。だからこそ、気になる。なにかあったんだろうか……と考えをめぐらせるぼくをよそに、リョウタは「ビビったんじゃねーの?」と軽く笑い飛ばして、続けた。「オレなんて、もしもウイルスをうつされても、全然ＯＫだから」

するど、トモノリは「えーっ?」と声を張り上げた。「おまえ、ワクチン信じてんのか?」

トモノリはワクチンを接種していない。お父さんとお母さんが相談して、「将来どんな影響があるかわからないから」と、トモノリや中学二年生のお姉ちゃんには接種しないことに決めたのだ。

リョウタは夏休み中に二回目の接種をしたはずだけど、「ワクチンとか関係なくて、平気だよ」と言う。

「なんで?」

「だって、友だちじゃん、大親友じゃん、オレら。友だちからうつされるんだったら、いいよ、オレ、絶対に恨んだりしないもん」

トモノリは、ふーん、と鼻先で笑って、「死んじゃっても?」と訊いた。「おまえ、いま、絶対に恨まないって言ったもんな、だったら、ウイルスがうつって、入院して、死んでも、文句言うなよ」

リョウタは一瞬ひるんだけど、「全然いいよ」と応《こた》えた。「友情だもん、文句言うわけないじゃん」

お調子者のシンちゃんも「オレもーっ」と手を挙げた。声が大きい。ツバが飛ぶ。

「バカ、うっせえよ、誰か来たらどうするんだよ」

トモノリに頭を軽くはたかれて、きゃははっ、と笑う。またツバが飛んだ。もしも、シンちゃんのツバにウイルスがひそんでいたら。もしも、それを吸い込んでしまったら。もしも、感染して、症状が重くなって、死んでしまったら……ぼくは、シンちゃんを恨まずに、文句も言わずに死んでいけるだろうか……。

誰かが来る物音が聞こえた。

ぼくたちはあわててマスクを着けた。

姿を見せたのは下級生だったので、トモノリが「あっち行け！」と追い払った。

先生ではなくて、ほっとした。

でも、それよりもほっとしたのは、マスクを着けた瞬間だった。

　翌日、トモノリは朝からアッシを無視していた。話しかけないし、目も合わせない。リョウタとシンちゃんも、命令されたわけではなくても、トモノリに付き合った。

　もっとも、アッシのほうも最初からトモノリたちに近づこうとしていない。話しかけるわけでもない。無視されてよかった、助かった、と思っているみたいだ。

　むしろ逆に、ぼくがいつもと変わらず「アッシ、ちょっといい？」と話しかけると、ぎょっとした顔になった。ぼくが正面に来ないように体の向きをずらし、マスクの上から手で蓋をして、いかにも迷惑そうに「なに？」と訊く。

「うん、あのさ……」

　マスク越しだと声が聞こえにくいので、ちょっと距離を詰めると、あわててあとずさる。

　さすがにムッとして、「なんだよ」と怒った。「オレのこと嫌いなの？」

　アッシは黙って何度も首を横に振る。

「じゃあ、なんで逃げるわけ？」

「……ごめん」

「謝らなくていいけど、理由、教えろよ」

「……ごめん」

「ウイルス、怖いの？」

今度は黙って何度もうなずいた。

「オレにうつされるかも、って？」

うつむいて、「そういうわけじゃないけど……」と小さな声で言う。

「だったら心配しないでいいじゃん」

「うん……でも……」

「なんだよムカつくーっ」

怒ってみたけど、ほんとうはアツシの不安もわからないわけではなかった。ぼく自身、いま絶対に自分が感染していないとは言い切れないのだし。

「でも、このまえまではそんなことなかっただろ。なんで急に怖くなったわけ？」

アツシは少し迷ってから顔を上げ、悲しそうな目でぼくを見て、言った。

「おばあちゃんが死んだら……オレのせいになっちゃうから……」

「おばあちゃん、って？　田舎の？」

答える前に、アッシの目は見る間に潤《うる》んで、赤くなった。

チャイムが鳴らなければ、声をあげて泣きだしてしまったかもしれない。

ぼくも、訊いてはいけないことを訊いてしまったような気がして、その後の休み時間はアッシに話しかけなかった。

トモノリはそれを勘違いして、「ユウもアッシを無視してるんだろ？　さすがオレの親友、わかってるじゃん」と笑った。

ぼくはしかたなく笑い返した。

でも、放課後は、トモノリに誘われても体育館の裏には向かわなかった。「おまえ、裏切るのかよ」と文句を言われたけど、放っておいた。


その夜、アッシのお母さんからウチのお母さんに電話がかかってきた。長電話になった。ぼくにはウチのお母さんの声しか聞こえない。最初は驚いた相槌が多かったけど、しだいにため息が交じるようになって、最後のほうは、アッシのお母さんを慰めたり励ましたりしているようだった。

電話を終えたあと、お母さんはぼくの部屋に来て、「伝言だけど、アツシくん、ユウに謝ってたって」と教えてくれた。「せっかく遊びに誘ってくれても、いつも断ってるから、ごめん……って」

逆だろ、それ——。

謝るのは、こっちのほうだ。アツシが嫌がってるのにしつこく誘ったり、誘いに乗らなかったら無視したりして……サイテーだ。

「アツシ、今日、おばあちゃんの話をチラッとしてたんだけど」

「そうそう、そのことだったの、電話も」

アツシのウチは、両親とアツシの三人暮らしだった。でも、先週から母方のおばあちゃんが同居することになった。

「ずっとじゃなくて、春までなんだけどね」

おばあちゃんは、雪の多い東北地方の田舎で一人暮らしをしていた。冬は雪かきや屋根の雪下ろしが大変だし、凍《い》てつく寒さは体にもこたえる。高血圧や糖尿病や白内障などの持病があるので、病院通いが欠かせない。雪道での車の運転は危険だけど、バス路線は何年も前に廃止になってしまったので、自分で運転するしかない。

「あと、ウイルスのこともあるでしょ。糖尿とか高血圧って、重症化するリスクがかなり高いっていうし」

人混みの「密」がない田舎ならだいじょうぶ、というわけでもない。

「家と家は離れてても、病院の待合室なんて、日によってはベンチに座れないこともあるぐらいなんだって。だから田舎の病院とか介護施設で集団感染が起きちゃうわけ」

アッシの両親は、おばあちゃんに東京に来てもらうことにした。

「最初はお母さんが実家と東京を半々で行ったり来たりするのも考えたらしいんだけど、やっぱりアッシくんも不自由しちゃうし、東京から田舎に行くと、ウイルスを持ってきたとか、いろいろ言われちゃうから……」

ぼくもニュースで観たことがある。都道府県をまたいだ移動を自粛するように言われたり、車のナンバープレートがチェックされて、よその都道府県の車に〈帰れ〉という紙が貼られたりしていた。

「まあ、それで、冬の間はおばあちゃんが同居することになったわけ」

アッシの家の間取りを思いだしてみた。３ＬＤＫのマンションだから、家族が一人増えてもなんとかなるかもな……とうなずきかけて、あ、違う、と訂正した。

ウイルスが流行してから、アツシの両親が勤める会社はどちらもテレワーク中心になって、いまも出社は週に半分以下だという。大事な会議もあるので、リビングやダイニングではなく、使っていなかった一部屋を仕事用にした。おかげでアツシの部屋で遊んでいても、日によっては「いま父ちゃんが会議してるから」「母ちゃんが打ち合わせ中だから」と、大きな声を出せなかったのだ。

そこに一人増えるわけだから——。

やっぱり大変なんだろうなあ、とため息をついた。

「アツシくんは喜んでるのよ」

「そうなの？」

「ちっちゃな頃から、おばあちゃんに可愛《かわい》がってもらってて、夏休みやお正月に田舎に帰ったときは、ずーっとおばあちゃんの部屋で寝泊まりしてたんだって。だから、おばあちゃんがウチに来ることになって、すごく喜んで、張り切ってるの」

だったら、まあ、いいか……またすぐに、違う、と思い直した。

よくない。昼間のアツシの赤く潤んだ目がよみがえる。あいつがぼくたちと遊ばなくなった理由がやっとわかった。

「だから、アッシくん、絶対におばあちゃんにウイルスをうつしちゃいけない、って……がんばりすぎるぐらい、がんばってるんだって。ウチでごはん食べるときも、おばあちゃんとおしゃべりしたいのに黙ってて、手洗いなんて一日に何回も何回もするから、指がふやけそうになっちゃって」

わかる。

あいつ、おとなしいけど、けっこう気合と根性のあるヤツだから。

それに優しいし。

「おばあちゃん、三月の卒業式まで東京にいるんだって。だから、もしかしたら卒業するまで、いつもみたいには遊べないかもしれないけど、ごめんね、わかってあげてね、って……アッシくんのお母さんからの伝言」

「……そんなのわかってる、って」

「中学に入ったら、また、いままでのぶんも取り戻して遊べばいいんだから」

いままでのぶんも取り戻して――？

じゃあ、三年間だ。三年間ずっとがまんしてきた。それを取り戻せるのは何年後？　オトナになってたりして。オトナになってもマスクだったりして。

玄関のチャイムが鳴った。お父さんが仕事から帰ってきた。お母さんは「はいはーい」と廊下に出た。

部屋に残ったぼくは、机の上に置いていたマスクを手に取った。

アツシは、トモノリやぼくたちがマスクを取ったことを、お母さんに言いつけなかった。

その話をすれば、アツシがぼくに謝るどころか、ぼくたちみんなに謝らせることだってできたはずなのに。

マスクの紐を耳にかけた。不織布《ふしょくふ》のプリーツを少し広げて顎まで覆《おお》い、ノーズフィットのワイヤーを曲げて鼻の両脇《りょうわき》の隙間《すきま》をふさいで、できあがり。

カーテンを開け、窓ガラスを鏡にして、マスク姿を映した。笑ったり怒ったりしても、表情の違いはよくわからない。

いま、泣きそうなのに。

窓に映るぼくは、顔の下半分を隠されたまま、ただぼうっと突っ立っているだけだった。

4

二学期の最後の週が始まった。

月曜日の全校朝礼で、校長先生の長い挨拶《あいさつ》のあと演壇に立ったのは、ぼくたちのクラス担任のコバセンだった。

コバセンは、他の学年の先生たちとチームを組んで、学校全体のウイルス対策を担当している。毎週月曜日の全校朝礼で演壇に立って、市内の感染状況や職員会議で決まったことを伝える役目だった。

先生はまず最初に「今日は睡眠不足の人も多いんじゃないですか？」と言って、ぼくたちを軽く笑わせた。ゆうべはＷ杯の決勝戦だった。メッシのいるアルゼンチンがフランスにＰＫ戦で勝って優勝した。けさのニュースで観たスタジアムの客席には、マスクをしている人は誰もいなかった。

「さて、二学期も金曜日で終わりです。土曜日はクリスマスイブで、年末年始もあるので、友だちみんなで会う機会も増えると思いますが、くれぐれも感染対策は忘れないでください。部屋の換気、マスク着用、手洗いと消毒、なるべく狭い部屋にたくさん集まらないようにして、少しでも体調が悪ければ外出を控えて……」

体育館はざわつきはじめた。いつも同じ話しかしないので、誰も本気では聞いていない。もう慣れた。というより、飽きた。アニメで言えば、視聴率がほとんど取れない番組が、延々続いているようなものだ。毎回毎回、設定の説明をしているうちに終わってしまい、ストーリーもよくわからない。この話、いつ、どうやって終わるのだろう。人類がウイルスに打ち勝つハッピーエンドなのか、世界滅亡のバッドエンドなのか……どっち？

「東京都内や市内でも感染者数が増えてきています。第8波が来ていると言う専門家もいます。また、インフルエンザも流行する季節なので、くれぐれもマスクと手洗いは欠かさずに……」

コバセンは一年生と二年生のほうに顔を向けて、「『きらきら手洗い』の歌、みんな、覚えてるよねー？」と声をまるくして訊いた。「覚えてる子は、黙って手を挙げてーっ」——声を出して返事ができないところが難しい。

先生たちは、低学年の子でもしっかり手を洗えるよう、『きらきら星』を替え歌にした手洗いの歌を教えていた。ぼくたちにはさすがに幼すぎるけど、先生もいろいろ大変だよな、とは思う。

実際、去年の二学期は、コバセンに苦労をかけてしまった。クラスの保護者会で「マスクにシールを貼るのを認めてほしい」という声があがったのだ。

マスク生活が二年目になって、まだ当分は続きそうなので、せめてマスクを着けるのを楽しくしてあげたい、という保護者の思いを受けて、先生は職員会議で「どうでしょうか?」と提案した。

でも、他の先生たちの反応はイマイチだった。「派手になりすぎる」とか「シールを買える子と買えない子の差ができるとよくない」といった反対意見も出て、結局「直径一センチ以内のシールを一枚だけ、マスクの右下隅に貼ってもいい。ただし、金色や銀色のキラキラしたものはだめ」というワケのわからないところに落ち着いた。保護者会で提案した一人だったウチのお母さんは、「ほんと、学校って規則にうるさいんだから……」と心底うんざりしていた。

しかも、そのルールは二学期のうちに「シールは一切禁止」に変わってしまった。女子の間でおそろいのシールを貼るのが流行《はや》ったところまではよかった。でも、ぼくたちの一つ上の、六年生の女子は、シールを仲良しグループの目印にした。グループ以外の子が同じシールを貼ると文句を言ったり、グループから追い出したい子がいたら、残りのメンバーがこっそり相談して、おそろいのシールを別のものにしたり……。

せっかくのアイデアも、結局は、いじめの小道具を一つ増やしてしまっただけだった。

コバセンは職員会議でいろいろイヤミを言われたらしい。保護者会ルートでそれを伝え聞いたお母さんは「先生に悪いことしちゃった……」と落ち込んでいた。

マスクを楽しいものにしようと思ったのが、そもそも間違いだったのかもしれない。マスクは、嫌々ながら着けるもの。しかたないから、がまんして、使うもの。

もういいや、それで……。

ひととおり話し終えたコバセンは、「最後に、一つ注意しておきたいことがあります」と、五年生や六年生のほうに顔を向けた。

ドキッとした。

もしかして、ぼくたちがマスクを取っていたことだろうか。

「友だちのお誕生日会やクリスマス会のように、みんなで部屋に集まってケーキを食べたりするのが、一番感染リスクがあります」

……違った。安心して息を吐き、まわりを見ると、隣同士で顔を寄せて小声で話している女子が何人もいた。

「特に、ケーキにろうそくを立てて吹き消すのは、どう考えても危険です。マスクを着けたままだと火を消せないのはよくわかるし、大事な誕生日を盛り上げたい気持ちもわかりますが、とにかくいまは感染予防を第一に考えてください。クリスマス会やお正月に集まるときも同じです。特に高学年の人は、低学年の子のお手本になるように、自覚ある行動をしてください」

コバセンが「以上です」と演壇を下りたあとも、女子はまだひそひそと話していた。ウチのクラスだけでなく、隣の列の一組や三組でも同じだった。

コバセンは女子限定で注意したわけではなかった。でも、みんなには思い当たる節があるみたいだ。

話し声は聞こえないし、口の動きもマスクに隠れて読み取れなかったけど、不満そうな様子はわかる。

いいじゃん、やろうよ、関係ないよ——。

一組の女子から、そんな声も聞こえた。

全校朝礼が終わって、ぞろぞろと廊下を歩いていたら、トモノリが肩を後ろからつついてきた。

「一瞬ビビったーっ……」

やっぱりトモノリも、マスクを取ったことがばれたんじゃないかと心配していたのだ。

「今日もやるの?」と訊くと、「おうっ」とうなずいて、「っていうか——」と笑って続けた。「もうやってきた」

けさ登校してすぐに図工室に向かい、部屋の前の廊下をマスクなしで何往復もダッシュした。

「ほら、全校朝礼があるから、けさは体育館に先生が来てるだろ。だから、一番バレない場所を探して、図工室の前にしたんだよ」

そこまでしてマスクを取りたいのか、とあきれた。

「オレ、ゆうべのサッカー、生配信で観ちゃったから、もう眠くて眠くて……だから、目を覚ましたくてマスク取ったんだ」

朝イチの肌寒さだけでなく、バレないようにドキドキする緊張感が効く。リョウタやシンちゃんも付き合った。いつものように体育館の裏に行くつもりだった二人は、トモノリの説明を聞いて「マジすげえっ！」「天才！」と絶賛したらしい。

「昼休みはまた体育館だけど……ユウは、どうする？」

「行かない」

即座に答えた。「言っただろ、オレ、もう学校でマスク取らないから」

トモノリも「だよな」とうなずいた。「オレも知ってるよ、そんなの。いま、とりあえず訊いてみただけ」

ヘンなところで負けず嫌いになる。面倒くさいヤツだ。

先週の金曜日に、きっぱりと言ったのだ。勝手にしゃべっていいのかどうか迷ったけど、アッシのおばあちゃんの話も伝えた。

トモノリはそれを知ると、すねたようにそっぽを向いて、「ふーん、大変じゃん、あいつ」と言った。「じゃあ、しょーがないか」

　ぼくのことも——。

「友情じゃーん」とからかって、「わかったよ、もういいよ」とあきらめてくれた。でも、ウイルスをうつされてもかまわないのが友情だと、リョウタは言っていた。でも、ぼくは違うと思う。トモノリも、ほんとうはぼくと同じ考えだったりして。確かめるつもりはないけど、そんな気がする。


　朝礼のあとの廊下は混雑して、なかなか先に進めない。

　でも、これ、いいチャンスかもしれない。

「あのさ、トモノリ……」

「うん？」

「マスク、無理して学校で取らなくてもいいんじゃね？　放課後だったらウチに帰ってからでもいいだろ」

「だからユウはもう来なくていいって言ってんじゃん」

「オレのことじゃなくて……」

もうやめてほしかった。

アッシを少しでも安心させてやりたいし、このまま調子に乗ってマスクを取る時間を伸ばしていると、いつか先生にバレてしまうだろう。トモノリは叱られてしょげるようなヤツではないけど、マスクを取ったことでクラスの誰かが叱られる――それじたいが、嫌で、悔しいのだ。

でも、トモノリは声をすごませて言った。

「オレらの勝手だろ。おまえ、絶対に先生にチクったりするなよ」

「……そんなことしないけど」

「どっちにしても、やめねーよ。やめるわけねーだろ、ばーか」

「でも、このままだと――」

「バレたらやめるよ」

先回りして言って、「でも、なんでバレる前にやめなきゃいけないんだよ」と続けた。

バレるまでやる。先生に叱られて、やめさせられるまでは、自分からはやめない。

「だって、自分からやめたら自滅だろ、ギブアップだろ。そんなの嫌だよ、悔しいじゃん、絶対に」

ぼくとは正反対だった。

でも、じつはトモノリとぼくは、同じものをオモテとウラから見ているだけなのかもしれない。

これも、確かめるつもりはないけど。

六年生の教室は校舎の三階にある。

二階と三階の間の踊り場で、リョウタがトモノリとぼくを待っていた。

「いま面白いこと聞いたから、教えてやろうと思って」

階段を上っていたら、近くにいた三組の女子の話が聞こえたのだという。

「さっきコバセンがケーキのろうそくの話をしてただろ。あれって、ほんとにあった話なんだって」

友だちの誕生日会に招かれた女子が、主役の子がマスクなしでろうそくの火を吹き消したのを見て、うつったらどうしよう……と怖くなって、お母さんに相談した。するさ、お母さんからお父さんに話が行って、お父さんが激怒して、学校に抗議の電話をかけたのだという。

「サイテーじゃん。それって、誰?」

トモノリが顔をしかめて訊くと、リョウタは「さあ……」と首をひねる。

肝心のところがわからないままなので、トモノリはすぐに興味をなくして、「行こうぜ」とリョウタと一緒に階段を上っていった。

でも、ぼくは踊り場に残って、あとから来るみんなをぼんやりと見つめた。

待っているわけではない。見かけても呼び止めないし、もしも向こうから声をかけてきたら——聞こえなかったふりをしよう、とも決めていた。

サエコが来た。

一人だった。

不織布よりも高性能な外国製のマスクを着けて、誰とも話さず、うつむいて階段を上っていた。

ぼくに気づいた様子はない。ぼくも踊り場の隅で壁にくっついて、サエコを背中でやり過ごした。

でも、翌日の夜、サエコは塾の帰りに駐輪場で僕を待っていた。

「昨日の全校朝礼のあと、階段でわたしを見てたでしょ」

ぜんぶお見通しだった。逆に、それでこっちも少し気が楽になる。

「コバセンが言ってたケーキのろうそくの話って……もしかして、サエコと関係ある？」

「うん、あるみたい」

「みたい、って？」

「わたしが先生に言いつけたんだと思ってる子、たくさんいるみたいだから」

拍子抜けするほどあっさり認め、駐《と》めていた自転車のスタンドを上げた。

「でも、わたしじゃないからね」


いきさつは、こうだった。

十二月に入って間もなく、同じ二組のホノカさんの誕生日会に仲良しの子が何人も招かれた。

「ホノちゃんには悪いけど、はっきり言って、招待されてもありがた迷惑っていうか、あんまり行きたくなかった」

先々週と同じように並んで自転車を漕ぎながら、サエコは言った。

もともとホノカさんとは仲良しといっても、親友というほどではなかったし、受験のことを思うと少しでも勉強したい。

それに、招待された人数が多すぎる。

「ホノちゃん入れて九人もいるんだもん。あの子の部屋、六畳間を弟と半分コで使ってるのに」

軽い調子で「来ない?」とみんなに声をかけたら、予想外に集まったらしい。

「こんなにいるんだったら、わたし来なくてよかったなあって思ったんだけど、もう、いまさら帰れないし……」

思いきり「密」な空間で、ホノカさんをはじめ、友だちはみんなマスクを取っていた。

でも、サエコは取らない。みんなの雰囲気を壊してしまうのはわかっていても、ウイルスにうつりたくないし、うつしたくもない。

「マスクしてたの、一人だけ?」

「うん、わたしだけ」

「みんな、なにか言ってた？」

「言わなかったけど、あんまりいい感じじゃなかった」

「……だよな」

「だから、言いつけた犯人にされちゃったんだと思う」

「……うん」

「でも、いい、自分で決めたんだから」

そういうところが、サエコはオトナなんだな、と思う。

「ほんとうは、マスクを取りたくなかった子もいたと思う」

招待客の中には、中学受験をする子がサエコ以外に二人いた。確かにその子たちにとっては、ウイルスに感染することは怖くてしかたないだろうし、万が一ここで感染してしまったら、悔やんでも悔やみきれないだろう。

それでも二人はサエコと違って、まわりに合わせてしまった。

「わたしがみんなに言えばよかったんだよね、ねえ、やっぱりマスクしようよ、って。全員が聞いてくれるわけじゃなくても、その一言があれば、マスクしたい子は乗っかることができたのに……」

「そんなの関係ないよ」

思わず声を強めた。サエコが責任を感じることなんて、まったくない。悪いのはみんなに付き合ってしまった二人だし……でも、その二人の気持ちも、ぼくにはわかるけど……。

バースデイケーキがダイニングテーブルに置かれた。椅子《いす》が足りないので、四人掛けのテーブルを九人でしゃがんで囲んだ。

「でも、やっぱり多すぎるし、みんなが近づきすぎるから、わたしはテーブルから離れたわけ」

そこでも、サエコはいま、悔やんでいた。「何人かは外側に立ったほうがいいんじゃない?」と言えば、「密」の怖い子はテーブルから離れることができたかもしれない。

「なんか、ほんと……自分でも、そういうところが全然だめだなあって思う……」

そんなことない。絶対に違う。

悲しくて、悔しくて、急に胸が熱くなったので、わざとふざけた声で言った。

「責任感、強すぎーっ」

ちっともウケなかった。

ぼくもすぐに口調を戻して、「受験する二人って、誰と誰？」と訊いた。

「言いたくない」

「でも、オレは、言いつけたのは二人のどっちかだと思うけど……」

その子がホノカさんの正面に立っていて、ろうそくを吹き消す息をまともに受けて、ウチに帰ってから心配になってお母さんに相談したのかもしれない。ただの想像でも、その子の顔以外はくっきりと思い浮かぶ。

サエコもきっとぼくと同じように思っている。だから、名前を言わないのだ。

「どっちにしても感染してなかったんだから、もうそれでいいじゃない」

ウイルスの潜伏期は数日間なので、その子の心配は取り越し苦労に終わったわけだ。

「……よくないだろ、全然。犯人扱いされてるんだから」

「もういいよ、どうせ三月には卒業しちゃうんだし、第一志望の学校、ウチの子は誰も受けないし」

さばさばと言って、いろんなことをぜんぶあきらめたように笑う。

もうすぐ長い上り坂に差しかかる。

「受験前に体力つけなきゃいけないから、じゃあね」

サエコはペダルを強く踏み込んで、自転車のスピードを一気に上げていった。助走をつけて、その勢いで坂を上りきるつもりなのだろう。

追いかけようか、と一瞬思った。

でもすぐに、違うよな、とペダルから離した足を地面についた。

遠ざかるサエコの背中から夜空に目を移した。周囲に誰もいないのを確かめて、マスクの紐を両耳からはずした。

息が楽になる。頬がひんやりする。

空を見上げたまま、ゆっくり三回深呼吸して、またマスクを着けた。

5

コバセンが言っていたとおり、年が明けると新型ウイルスの感染者は急増した。

第8波が襲いかかってきたのだ。

感染者も死者も過去最高を記録している。でも、緊急事態宣言は出ない。まん延防止措置も適用されない。

旅行はふつうにできるし、割引までつく。夜間の外出自粛も言われていない。お店でお酒も飲める。海外の観光客の受け入れが再開されて、これからどんどん増やしていく方針らしい。

「じゃあ、なんでいままであんなに厳しくやってたわけ？」

三年生の三学期、二月の終わりになって三月からの臨時休校が突然決まった。春休みになるまで登校できないので、教室に置いてあった絵の具セットや体育館シューズや作りかけの工作を、みんな二月二十八日にあわてて持ち帰ったのだ。

その日の感染者数は全国で十九人だった。

今年の三学期が始まった一月六日の感染者数は、全国で二十四万六千七百三十二人。でも、ぼくたちはふだんどおりに登校した。

「おかしくない？　矛盾してるじゃん」

お母さんに文句を言ってもどうにもならない。でも、言わずにはいられない。悔しい話を思いだした。三年生のとき同じクラスだったヨシノくんが、四年生に進級する前に転校することになっていた。終業式のあとでクラスのお別れ会を開くつもりだったのに、臨時休校になって、外出も自粛させられて、結局ヨシノくんとは「バイバイ」も言えないまま、別れてしまったのだ。

「最初のうちはしかたないのよ、とにかく、なにがなんだかわからなかったんだから」

「だったら、いまはわかってるわけ?」

「……ちょっとはね」

どんなことが、と訊こうと思ったけど、やめた。お母さんのせいではない。学校の先生のせいでもない。いろんなことはすべて、テレビでしか知らない人たちが決めた。ぼくたちはその人たちと直接話をすることもできない。それは、「しかたない」のだろう。

「いろんなことが少しずつわかってきて、でもまだわからないこともあって……そういうものよね、世の中ってなんでも」

苦笑して言ったお母さんに、ぼくも笑って「うん、そうだね」と応えた。

去年の一月の東京都には、まん延防止措置が適用されていた。

おととしの一月は緊急事態宣言が出ていた。

でも、今年の一月は、マスク着用のルールが終わる時期についての議論が始まっている。

「まあ、なんとか出口が見えてきたっていう感じだな」

お父さんはほっとしていたけど、「特効薬ができたの？」と訊くと首を横に振った。

「新しいワクチンができたの？」と訊いても同じ。

「じゃあ、マスクがなかったら、バーッとうつっちゃうんじゃないの？」

お父さんは、まあな、とうなずいて言った。

「それでもかまわない、って決めたんだろ」

「死んじゃう人がいても？」

「重症化率はけっこう下がってるみたいだけど……まあ、インフルエンザでも毎年多くの人が亡くなっているんだし、ある程度は覚悟して、それよりも元の生活を早く取り戻そうってことだろ」

元の生活——マスクなしの生活。

お父さんはいま四十歳だから、元の生活を三十七年続けていた。マスク生活の三年間は、特別な日々なのだろう。

ぼくはいま十二歳だから、いままで生きてきた歳月の四分の一がマスク着用の生活だった計算になる。小学校の六年間なら、マスクなしで教室で過ごせたのは前半の三年間だから、ちょうど半々——あ、違う、三年生の三学期の終わりは臨時休校だったから、半分以下だ。半分以下しかないのに「元の生活に戻る」って言われても。

低学年の子だと、入学してからずーっとマスクがあたりまえだったわけだ。じゃあ、その子にとっての「元の生活」って、どんな生活なんだろう……。

黙り込んだぼくに、お父さんは言った。

「失われた三年間をこれから取り戻していかなきゃいけないんだ、世界中で」

取り戻すって、小学四年生も五年生も六年生も、一回しかできないんですけど——。

三学期の教室には、空席が目立っていた。新型ウイルスに感染した子もいるし、家族が感染して濃厚接触者になってしまった子もいる。インフルエンザや感染性の胃腸炎も流行っていて、そっちの欠席者もいる。

一組では、冬休み初日にクリスマス会を開いた女子三人が、そろってウイルスに感染して、年末年始に発熱していた。幸い三人とも症状は軽かったけど、コバセンは全校朝礼で注意をした効果がなかったことにがっかりしていた。

欠席者の中には、「病気になったから」ではなく「病気になってはいけないから」という理由で休む子もいる。

たとえば、中学受験を控えていると――。

サエコは始業式の日に来ただけで、あとはずっと学校を休んでいた。他にも何人か、受験のために欠席している子がいる。

入試は二月に入ってすぐなので、勉強の追い込み以上に体調管理が大切になる。ウイルスやインフルエンザのことを思うと、学校でみんなと会うのを避けたい、という気持ちはよくわかる。

塾の特別進学クラスもオンラインが中心になり、対面で個別指導をする講師は、毎日欠かさず検査を受けて、陰性——感染していないことを確認してから塾に来ているらしい。

でも、小学校生活最後の日々に、クラスの全員がそろわないというのは、やっぱり寂しい。

「サエちゃんも悔しがってるんだって」

お母さんが教えてくれた。「本人は対面で学校に行きたがってるんだけど、いまが一番大事な時期だから、両親で説得して……」

もちろん、両親のほうもサエコのことを最優先に考えて生活している。

「お父さんは一月の後半に出社が続くから、万が一のために受験が終わるまではビジネスホテルに泊まるんだって」

お父さんが会社で感染して、ウイルスをウチに持ち帰って、サエコにうつしてしまったら——。

たとえうつされなくても、お父さんが感染すると、サエコも濃厚接触者になって試験を受けられなくなるかもしれない。

再試験の機会はあっても、感染して発症していたら体調はボロボロになっているはずだし、濃厚接触で収まったとしてもメンタルは動揺して、とてもふだんの実力が発揮できる状況ではないだろう。

「まあ、大げさに言えばサエちゃんの人生が懸かってるんだから、親としてもできるかぎりのことはしてあげないとね」

その話を聞いたウチのお父さんは、「でも、ホテル代は会社が持つわけじゃないんだよな？」とお母さんに訊いた。

「それはそうよ、個人の事情なんだから」

「じゃあ、けっこうな出費だ」

「うん……でも、しかたないわよ」

「中学受験組はなにかと大変だよなあ」

他人事のように笑うお父さんに、お母さんは「ウチだってユウの高校受験のときにはそうするわよ」と、ぴしゃりと言った。

「三年後だろ？　その頃にはいくらなんでも……」

お父さんは言いかけた言葉を途中で切って、「でも、わかんないな」とため息をついた。

「わかんないわよ、ほんと、もう、なにがどうなっちゃうのか……」

お母さんもため息をついた。

感染の第8波も収まっていないなか、アメリカではウイルスの新たな変異株が広がりつつあるらしい。


トモノリは二学期の終わりに、アッシに期間限定の絶交宣言をした。

「春になっておまえんちのババアが田舎に帰るまで、一緒に遊んでやんねーから！」

少し離れたところから、マスクと手のひら、さらにリョウタとシンちゃんに両側から持たせたアクリル板まで使った万全の感染対策で、むだに大きな声を張り上げる。

「オレらもそっちに行かねーから、アツシもこっちに来んなよ！　来たら上履き投げるからな！　わかったか！」

アツシはサエコと同じ高性能のマスクを着けていた。お母さんにお願いして、買ってもらったのだという。

「中学に入ったら、また遊んでやるから！　それまでばあちゃん孝行して、たくさん遺産もらえよ！」

「え、そんなのもらえるの？」「マジ？」と驚いたリョウタとシンちゃんはアクリル板を落としそうになって、「冗談に決まってんだろ、ばーか」とトモノリにケツキックされた。

アッシは笑っていた。分厚い高性能マスクを着けていても、本気で笑っているときには、ちゃんと伝わる。

男子バカ軍団は、男子バカトリオになって卒業して、また四月から五人で再結成されるのだろう。オレ、嫌だけど。

でも、トモノリのひねくれたエールの甲斐《かい》もなく、アッシは三学期になると学校を休みがちになった。

朝起きて、出かける支度をしていると、おなかや頭が痛くなってしまうのだ。

がんばって学校に来た日に、ぼくに教えてくれた。新聞やテレビのニュースのせいで、具合が悪くなるのだという。

感染者数や死亡者数が跳ね上がった第8波では、特に高齢者が亡くなるケースが急増している。具合が悪くなっても救急車を受け入れてくれる病院が見つからなかったり、それ以前に救急車が出払っていたりする。お医者さんや看護師さんや保健所の職員さんは、みんな疲れ切っていて、働けなくなる人も出てきて、さらに人手不足に陥って……。

そういうニュースを知ると、胸がドキドキして、朝ごはんが食べられなくなって、やがて頭痛や腹痛、吐き気や悪寒《おかん》が始まってしまうのだ。

「おばあちゃんは、いまは元気だけど、なにかあったらどうしよう、って。ウイルスだけじゃなくて、いろんな病気を持ってるから、どこが悪くなるかわからないんだし」

「心配しすぎだよ、そんなこと考えてたら、きりがないだろ」

「わかってるけど……」

「ニュース、見ないほうがいいよ」

「母ちゃんもそう言ってるんだけど、やっぱり気になるし」

最近はむしろ、おばあちゃんのほうがアッシを心配している。自分がいるせいで……と責任も感じて、「もう田舎に帰るから」とまで言いだした。

「でも、卒業式は見てほしいから、オレ、気合入れてがんばる」

無理をして笑うアッシに、こっちも「おう、ファイト、おーっ」と無理やり笑い返しながら、悔しくてしかたなかった。

医療崩壊は、おととし――五年生の夏休みの頃も起きていた。一年半近くたって、同じことがまた繰り返されている。

なんで――？

反省とか改善とか進歩とか、ないの――？

なにやってたの、いままで――。


二月一日、サエコは第一志望の中学を受験した。

本番までウイルスに感染しないように、濃厚接触者にもならないように――。

そのプレッシャーがよほどキツかったのだろう、車で学校まで送っていったお母さんは、サエコが無事に校門をくぐったのを見届けると、まっすぐウチには帰らなかった。首都高速道路からアクアラインを走って、東京湾の真ん中に浮かぶ『海ほたる』まで出かけ、展望デッキの隅っこでマスクをはずして、ずーっと海を眺めていたらしい。

ウチのお母さんもほっとした様子で、「ベストコンディションで試験を受けられたんだから、もう、親としては充分でしょ」と笑っていた。

入試の結果は、その日の午後十時に学校のウェブサイトで発表された。

五分後、サエコのお母さんからＬＩＮＥで連絡が来た。

合格――。

ウチのお母さんは、向こうからは見えないのに何度もバンザイをして、お祝いのスタンプを三連発で送った。「よかった、よかった……」とつぶやく声は、涙交じりだった。

「泣いてるの？」

「そりゃあ泣くわよ、泣くに決まってるでしょ、サエちゃんのお母さんとは戦友みたいなものなんだから」

「でも、オレ、中学受験してないけど」

「そういうんじゃなくて、もっと大きい仲間。こんな時代を、みんな大変な思いをしてがんばって、心が折れそうになるのをがまんして、踏ん張って、戦ってきたんだから……誰のお母さんでも仲間だし、あんたたちだって、同級生みーんな、戦ってきた仲間でしょ？」

そうなのかな。

そうかもしれない。

戦った敵は、新型ウイルス？

でも、ラスボスは、他にいるのかも……。

「まあ、まだ戦いは終わったわけじゃないけどね」

お母さんは目尻の涙を拭《ぬぐ》いながら笑った。

ほんとだね、とぼくも笑い返した。

6

二月に入ると、第8波はようやく、少しずつ収まってきた。クラスで感染した子も、みんな重症化せずにすんだし、いまのところは後遺症もだいじょうぶ。

医療崩壊の危機もひと息ついたようで、ニュースでもそれほど大きくは報じられなくなった。おかげでアッシの具合も落ち着いて、二月からは毎日学校に通えている。

安心したおばあちゃんは田舎に帰るのをやめて、アッシの卒業式に出るのを楽しみにしている。ウチにこもりきりで体力が落ちてしまったので、最近は高性能マスクにフェイスガードという完全装備で近所を散歩しているのだという。

入試が終わると受験組も教室に戻ってきて、休み時間はだいぶにぎやかになった。サエコもいる。分厚くて息がしづらい高性能マスクを、みんなと同じ不織布マスクに戻していた。それだけで表情の動きが軽やかになった。

ホノカさんの誕生日会の一件がまだ尾を引いているのか、一学期の頃のように女子のまとめ役のポジションにはいない。みんなの輪からぽつんと離れて本を読んでいることも多い。でも、本人はそのほうが居心地がよさそうだし、進路が決まってからひときわオトナっぽくなったようにも見える。

一方、いつまでもガキのままの男子バカトリオは——二月十三日の昼休みに体育館の裏でマスクを取っているところを、ついに先生に見つかってしまった。

コバセンよりもずっと厳しい男の先生だったので、トモノリは、職員室に連れて行かれるのを覚悟した。昼休みだけではお説教が終わらず、放課後にもまた呼び出されて、さらにウチに電話をかけるかもしれない。

ところが、先生のお説教は、その場であっさり終わった。時間にして一、二分。両親に電話をかけることもなかった。上履きのまま校庭に出たときとたいして変わらない。これなら、階段の手すりを滑り台にしたときのほうが、ずっと大変だった。

昼休みのうちに教室に戻ってきたトモノリは、ラッキー、ラッキー、と小躍りして喜んでいた。

「最初はワケわかんなかったんだけど、あとで教えてもらったんだよ」

もう、マスクを着けないのは、それほど悪いことではない――。

「オレ、ニュースとか見ないから全然知らなかったんだけど、なんか、先週の金曜日に決まったんだって？　四月からは教室でもマスクなしでいいし、卒業式も基本マスクなし、って」

だから、いまさら厳しく目くじらを立ててもしょうがない、と先生は考えたのだろう。

「ユウは知ってた?」

「うん……」

「ほかにどんなことが決まったわけ?」

「少し前に発表されたけど、五月の連休明けに病気の分類が変わって、新しいウイルスもインフルエンザと同じレベルになるんだ。だから、感染しても早く復帰できるし、濃厚接触とかもなくなるんだって」

「マジ? すごい薬とかワクチンとかができたわけ?」

一月にぼくがお父さんに言ったのと同じことを訊く。

ぼくの答えも、そのときのお父さんと似たものになった。

「全然できてないけど……とにかく、元の生活に早く戻すんだってさ」

トモノリにはピンと来なかったのか、「ふーん」と頼りない相槌を打って、「まあいいや、とにかくラッキー」と笑った。

塾の特別進学クラスは、受験が終わると解散になる。だから、もうサエコが塾に来ることはないし、一緒に帰るチャンスもないだろう——と思っていたら、駐輪場で声をかけられた。

塾長に頼まれて、春季講習のチラシに載せる『合格者の声』のインタビューを受けていた。それが終わったあとも応用クラスの授業が終わるまで居残って、ぼくを待っていた。

「用事ってほどじゃないんだけど、ユウくんに謝りたいことがあって」

「……そんなの、あるっけ?」

「去年の暮れ、マスクをはずす人は無責任だって言ったの、覚えてるよね」

ぼくは自転車を駐輪場から出しながら、うなずいた。

忘れるわけがない。だから、サエコが謝る理由がわからない。むしろ、こっちがお礼を言いたい。あの一言がなければ、ぼくはトモノリたちと一緒に本気でアッシと絶交して、あいつにもっと悲しい思いをさせていたかもしれない。

でも、サエコは「ごめん」と頭を下げた。「無責任とか、ひどいこと言って……ほんと、ごめん」

「全然OKだけど、そんなの」

「でも、熱とか咳とかの症状があるのにマスクしないのはだめだけど、症状がなかったらわかんないもんね、いま自分が感染してるのかどうかなんて」

それはそうなのだ、確かに。

「知らないうちに感染してて、たまたまマスクをはずしたタイミングで誰かにうつしちゃったとしても……わざとやったわけじゃないんだもんね、絶対に。無責任だとか、あなたのせいだとか、そんなこと言えないし、言っちゃだめだと思う、ほんと」

どう返事をしていいかわからなくなったので、「帰ろう」と自転車を漕いだ。サエコも自分の自転車を漕いで、ぼくに並ぶ。

「ユウくん、卒業式どうするの？」

マスクのこと——。

「はずす？」

「うん、まあ、はずす……と思う」

ニュースでは、「はずすのが基本」という表現だった。「はずしてもいい」よりも一段階上がっている。

でも、サエコは微妙に責めるように「ウイルスがうつるかもしれないし、うつすかもしれなくても？」と言った。それ、たったいま自分から謝ったばかりなのに。答えに詰まって、「そっちは？」と訊き返した。「サエコはどうするの？」

「わたしは、マスクするよ」

迷う間もなく言った。

「はずすのが基本なんだけど……それでも？」

「知ってる。でも、『はずすのが基本』と『必ずはずしなさい』は全然違うでしょ？　わたし、やっぱりうつしたくないし、うつされたくないから、基本の外にはみ出して、マスクする」

「……一人でも？」

ぼくの言葉に、サエコはフフッと、ちょっと寂しそうに笑って言った。

「人数、関係なくない？」

ない――まったく。

オレ、ばかだ、ほんとにガキだ、サイテーなヤツ、と落ち込んだ。自分にビンタしたくなった。

そんなぼくをフォローするように、サエコは笑いながら軽く言った。

「あと、前歯のワイヤー、見せたくないしね」

最後の最後まで、サエコはぼくよりずっとオトナだった。

サエコが入学するのは女子大の附属中学なので、ぼくたちはもう同じ教室で過ごすことはない。幼なじみとはいっても、こんなふうに話すのはこれが最後かもしれない。

今度はいつ会えるだろう。そのときには歯列矯正は終わっているだろうか。

前歯にワイヤーがついてるところ、ちょっとだけ見てみたかったな——。

ふと思ったあと、急に恥ずかしくなった。

え？　いまのって……エッチなことになっちゃうの……？

一人でドキドキするぼくをよそに、サエコは斜め上の空を見て、言った。

「でも、みんなはマスク取っちゃうんだろうね。あたりまえだよね、ずーっとがまんしてたんだから。絶対に気持ちいいよね」

ぼくもそう思う。

「でも、引き換えに、ウイルスも広がって、日本中の学校で感染爆発になっちゃうかもしれないけどね」

　ぼくも、そう思った、いま。

「だから、もう、発想変えたわけ。自分はマスクをまだしばらく続けるけど、それを人に押しつけるのは、やめた。人にうつすのは無責任とか誰かのせいとか、そういう発想で生きてたら、これからは、なんか、生きていくのがツラくなりそうだし……」

　確かに、これからはいろんな考え方が変わっていくのだろう。

　元通りになる、でいいのだろうか。

　世界が無事に元に戻って、めでたしめでたし――？

　じゃあ、いまは間違いの世界――？

　ぼくたちのやってきたことや考えてきたことは、未来には「ヘンな時代があったんだなあ」と笑われてしまうのだろうか。

　コバセンがこのまえ、申し訳なさそうに教えてくれた。いまつくっているぼくたちの卒業アルバムは、前半と後半とで雰囲気がまったく違うらしい。

　三年生までの前半は、運動会や校外学習や合唱大会のスナップ写真が並ぶ。誰もマスクなんて着けていない。でも、後半の三年間は、スナップ写真は全部マスク姿で、そもそも学校行事の写真がほとんどない。

クラスの集合写真は、特別にマスクなしで撮影した。でも、マスクをはずした気持ちよさよりも、私語厳禁のプレッシャーのほうが強くて、こわばった顔になってしまったのが自分でもわかった。みんなもそうだと言っていた。

いつか、ぼくに子どもができて、その子がアルバムを見て「ねえパパ、なんでみんなマスクしてるの?」と訊いてきたら、ぼくはどう答えるだろう。「ヘンなの」と笑われたら、「だよなあ、ヘンだったよなあ」と一緒に笑えるだろうか。

それとも、世界はもう元には戻らず、ぼくの子どももマスクをしていて、アルバムの前半の写真を見て、不思議そうに「なんでみんなマスクしてないの?」と訊くだろうか。

息が詰まる。マスクのせいだけでなく。

サエコの自転車は、ほんの少しぼくより前を走っている。

「あのさー、ちょっといい?」

背中に声をかけた。返事はなかったし、こっちを振り向いたわけでもなかったけど、かまわない、いままで誰にも言えなかった弱音を吐いた。

「なんか、苦しいんだよね、いつも。マスクとかウイルスのことを考えると、オレ、苦しくなっちゃうんだよね……」

サエコは前を向いたまま、「わたしも」と言った。「わたしも、苦しくなる」

よかった。ぼくだけではなかった。

「オレ、未来のこと考えると、よくわかんなくなって、苦しいの」

「わたしは逆だなあ。昔のことを考えるほうがキツい」

「昔って、いつぐらいの昔?」

「四年生とか、五年生とか、六年生の一学期とか、二学期とか、あと……いま」

サエコの自転車のスピードが上がった。

ぼくも追いかける。

「もしもウイルスがなかったら、いま、どんな三学期なんだろう、って。そういうのをずっと考えてる。わたしはどんな四年生で、どんな五年生で、どんな六年生だったんだろう……って、考えれば考えるほどわからなくなって、息ができなくなって、苦しい」

わかる、すごく。

上り坂に差しかかるまでは、まだだいぶ距離がある。助走をつけるには長すぎるけど、サエコはペダルをさらに強く踏み込んでいく。

言葉が切れ切れになって、聞こえづらくなった。

でも、「パラレルワールド」という言葉は耳に届いた。

誰か、映画かドラマ、つくって——。

続けて、確かにそう言った。

わかる。すごくわかる。

ウイルスのなかった、マスクの要らない三年間のパラレルワールドがあるなら、ぼくだって見てみたい。できれば、そっちに飛び移っても……移らないかな、やっぱり……。

坂道になった。ぼくたちは二人並んで上っていく。息が荒くなる。もう、なにもしゃべる余力はない。

沈黙のなか、途中からはサドルからお尻を浮かせた立ち漕ぎをして、なんとか最後まで上りきった。

地面に足をついて、しばらく肩を大きく上下させたサエコは、まだ息が整いきる前に、言った。

「いつか同窓会したいね」

「……うん」

「その頃には、いろんなこと、懐《なつ》かしくなってるといいね」

「……だよな」

また自転車を漕ぎ出した。そこからは、たいした話はしなかった。さっきの重すぎる本音にお互い消しゴムをかけるみたいに、サエコもぼくも、ゲームやアニメのことばかり、途切れずに話しつづけた。

交差点でサエコと別れたあと、胸の奥をぽかぽかと温めてくれたのは、その数分間のどうでもいい会話だった。


三月二十四日の卒業式は、「基本的に児童と教職員はマスクなし。ただし、はずすのは強制ではない。保護者・来賓はマスク着用の上、席の間隔を空けて座る」というルールになった。

マスクなしでＯＫといっても、卒業式の最初から最後までだいじょうぶというわけではない。学校のプリントによると、入退場や卒業証書授与の場面ではマスクなしでも、『君が代』や校歌などを歌うときには着用――マスクなしで入場しても、途中で着けて、また退場のときには取る、ということだ。

「かえって面倒くさくないか？」

お父さんはあきれていたし、お母さんも「ポケットにマスクを入れるなんて不潔でしょ」と顔をしかめた。「それに、せっかくお洒落《しゃれ》な服を着ても、ポケットの小さなデザインだったらどうするわけ？　手に持ったままにするの？」

でも、説明の最後には〈文部科学省が示した方針より〉と、言い訳するみたいに小さく書いてある。だから、これはもう、しかたのないことなのだろう。

さらにウチの学校独自のルールとして、ふだんは自由なマスクの色が統一された。〈マスクは、卒業生・保護者ともに「白」でお願いします。アイボリーや薄いピンクなどの色も、極力お控えください。晴れやかな中にも厳粛な雰囲気で子どもたちの門出をお祝いできるよう、保護者の皆さまにおかれましても、ご理解とご協力をよろしくお願いいたします〉

お母さんは「ほんと、学校って……」とため息をついた。

「こういうのも、だんだん冠婚葬祭のマナーみたいになるのかもなあ。お祝いごとには白マスク、お葬式には黒マスク、紅白とか白黒のストライプもあったりして」

お父さんはウケ狙《ねら》いで言ったけど、お母さんは「知らないわよ」とそっけなく受け流して、ぼくに声をかけた。

「で、ユウはマスクなしでいいのよね？」

そう、大事なのは、ここ——。

ぼくは背筋を伸ばして食卓の椅子に座り直し、膝《ひざ》をそろえて両手を置いた。お願いごとをするときには、必ずこの姿勢だ。

両親もそれに気づいて、ちょっと真剣な顔になってぼくと向き合った。

「あのさ、お父さん、お母さん……」

だいじょうぶ。

自分で自分に確かめて、自分が自分に答え、自分と自分が見つめ合って、よしっ、と同時にうなずいた。

卒業式にマスクなしでＯＫにした理由を、テレビに出ていた人は、こんなふうに言っていた。

「子どもたちはずっと厳しい制限のある学校生活を送ってきて、かわいそうでした。せめて卒業式ぐらいは、マスクをはずした本来の笑顔にさせてあげたいではありませんか」

かわいそう――？

マスクをはずしたのが本来の笑顔――？

かわいそうなぼくたちはマスクをしたまま、ニセモノの笑顔で生きてきたわけ？

かわいそうかも、しれない。

マスクをはずせなかったことではなくて、そんなふうに思われていることが、かわいそうだ、オレら。

別の人は、カメラ目線で、こう言った。

「この三年間、われわれオトナは試行錯誤の連続で、そのシワ寄せが子どもたちに行ってしまったこともたくさんあります。ほんとうに、そこは申し訳なく思っています」

カメラを見つめるまなざしに力がこもる。

「なあ、子どもたち、みんな怒ってるだろう？　恨んでるかもな、オトナがだらしなくて……ごめんなっ」

テーブルに手をついて謝ったその人は、顔を上げると、いいこと言ったよな、と自画自賛するみたいに、にんまりしていた。

べつに怒ってなんかいない。ムカついていても、「怒る」とは違う気がする。ずっとあとになったらどうなるかわからないけど、いまは恨んでもいない。意外と、時間がたったら、感謝することだって出てくるかもしれない。

でも、忘れない。

オトナがぼくたちにやってくれたこと、やってくれなかったこと、押しつけたこと、禁止したこと、話を聞いてくれなかったこと、勝手に決めつけたこと……。

ぜんぶ、忘れないから。

卒業アルバムは、毎年卒業後の六月や七月に完成する。時間がかかるのは、最後に卒業式のスナップ写真を加えるからだ。

だから、ぼくはまだ——中学校の入学式を終えたばかりのいまは、卒業アルバムの仕上がりを知らない。卒業式の場面でどんな写真がピックアップされて、そこに自分が写っているかどうかも、わからない。

でも、想像すると、頰がゆるむ。

できあがったばかりのアルバムをめくるよりも、さらにずっと先、ぼくがオトナになって、親になって、子どもと一緒にめくる光景を想像するほうが面白い。

卒業式にマスクを着けて入場したのは、各クラスにぱらぱらと何人かずついた。意外と多かった。新型ウイルスにうつるのが怖い子もいただろうし、うつしたくないという理由の子や、両方だという子もいたはずだ。あとはインフルエンザのほうを怖がっていたり、花粉症がひどかったり、マスクに慣れているので恥ずかしくなったり……。

六年二組には、三人いた。

「この人、なんでマスクなの？」

ぼくの子どもがアツシの写真を指差して尋ねたら、おばあちゃん孝行の話をしてやろう。アルバムには保護者席を撮った写真も載るだろうか。保護者席の隅っこで、高性能マスクとフェイスガードを着けて孫の晴れ姿を見つめていたおばあちゃんも、小さくていいから、アルバムのどこかに出ているといいけど。

「じゃあ、この人は?」

サエコのマスクの理由は、話すとけっこう長くなりそうだ。でも、とても大切なことだと思う。できれば本人が自分で……もっとできれば、すぐそばで……。

想像だけなのに、頬がカッと火照《ほて》った。

あわてて手のひらで扇《あお》いだ。マスクなしの頬の肌に、やわらかい風が当たる。

中学校の入学式も、小学校の卒業式と同じように、マスクなしが基本だった。新学期からは授業でもマスクは着けない。アクリル板のパーティションも使わなくていい。全国各地――というか、世界中で使われていたアクリル板の処分はどうなるのだろう。SDGs、だいじょうぶなのかな。オレたちの世代が考えなきゃいけなくなるのかな。でも、まあ、それはあとで考えよう。

ぼくの子どもは、ぼくに似ていたら、すぐに気が散ってしまう性格だろう。

だから、三人目のマスク着用の子を探す前に、こんな写真に目を留めるかもしれない。

「ねえねえ、この人、後ろ向いてしゃべってるよ」

トモノリだ。こういうときには興奮してしまうヤツだから、入場のときから落ち着きがなかった。卒業生の席に着いてからも、後ろの列を振り向いては、真後ろのリョウタに話しかけたり、少し離れた席のシンちゃんに手を振ったり……。

さすがに式の間はコバセンも黙っていたけど、あとでしっかり叱られていた。おしゃべり予防のマスクをしていればよかったかも。

でも、そんな写真はアルバムには使われないだろう。ほんとうに大切な思い出は、やっぱり胸の中にしか残らないのだ。

ぼくの子どもが、写真のぼくを指差す。

「パパもマスク?」

そうだよ、とぼくはうなずく。

「なんで?　なんでマスクしてたの?」

どう答えよう。どう説明しよう。

ずっと先の話ではなく、いまだって、ほんの二週間前のことなのに、うまく説明できない。オトナになったら、もっとわからなくなってしまいそうだ。

「なんでだったんだろうな……忘れちゃったよ」

苦笑交じりにごまかすと、「ええーっ」とブーイングされるかもしれない。

でも、それもいいかもな、と頬がまたゆるんでしまう。

「ユウ、トモノリくんが呼んでる」

隣を歩くお母さんに肩をつつかれた。

「――え?」

想像に夢中になって気づかなかった。真新しいブレザーを着たトモノリが校門の脇で手を振ってぼくを待っていた。

「先に行っちゃいなさいよ。お母さんも、あっちに合流して、あとは勝手に帰るから」

指差した先では、同じ小学校のお母さん同士が集まっておしゃべりしていた。

「校長先生の挨拶、ほんとに長くてつまらなかったから、文句をシェアしなきゃ」

冗談なのか本気なのか、笑って「じゃあね」と、おしゃべりの輪に向かう。

中学校は、マスクのルールがなくても、小学校よりずっと校則が細かくて厳しい。お母さんの学校への不満もいままで以上に増えるかもしれない。

でも、まあ、ぼくはぼくで、ぼくなりに、がんばるしかないか。

今日は、サエコの中学校も入学式のはずだ。マスク、どうしてるのかな、あいつ。歯列矯正が終わるまではずさないのかな。どっちにしても、がんばれよ……と心の中でエールを送ったら、「言われなくてもがんばるから」と心の中でサエコの声が聞こえた。

頬がまた熱くなった。

ひんやりした風を擦り込むように、頬を撫《な》でた。マスクなし、やっぱりいいな。

でも、ぼくの子どもが「パパ、マスクして卒業式に出たのを後悔してる？」と訊いてきたら——。

ぼくは笑顔で首を横に振るだろう。

トモノリは、先に帰ったお母さんからデジタルカメラを借りていた。

「みんなで写真撮ろうぜ」

リョウタもシンちゃんも、アツシもいる。今日はアツシもマスクを取っていた。

おばあちゃんは先週無事に田舎に帰り、ゆうべは手作りのヨモギ団子が宅配便で届いたらしい。

「あとで誰かにシャッター押してもらうけど、先に順番にカメラマンになって撮ろう」

言い出しっぺのトモノリがカメラを構え、ぼくたちは学校名の看板を背に並んだ。

「いいか、いくぞ、いくぞ、いくぞ……」

もったいをつけて、カウントダウンに移る。

「スリー、ツー、ワン……」

盛り上げておいて、「ゼロになったら撮るからな」とボケた。

みんなでずっこけた。

ぼくも、なんか懐かしいな、と思いながら笑った。

目に見えないウイルスが溶けているかもしれない笑い声は、春の風に乗って、舞い上がって、消えた。

ステラ2021

いきものがかりの水野良樹《よしき》さんによる企画『OTOGIBANASHI』の隅っこに入れてもらった。水野さんに曲をつけていただく歌の作詞である。むろん、こちらは歌の世界のシロウト。だからこそ逆に開き直って、往年の吉田拓郎のような（具体的には『ペニーレインでバーボン』かな）字余り・字足らずのやたらと長い詞を、一気に書いた。それが、ここに再録した『ステラ２０２１』である。あらためて読み返すと、「好き勝手にやってごめんなさい」と謝りつつ感謝するしかない。

もっとも……じつは小心者のシゲマツ、本作がボツになることも覚悟して、もうちょっと歌詞らしく言葉が整ったヤツも二作送っておいたのだ。でも、水野さんは僕が最も思い入れを持っていた本作を選んでくれた。うれしかった。よければ楽曲もぜひ聴いてください。柄本佑《たすく》さんの歌、すごく説得力があるから。

なんだかヤな時代だね　こんなんなっちゃうなんてね
ニュースは腹立つばかりで　ネットは炎が燃えさかっていて
でもステラ　夜空はいつもいまも変わらず
一万年前の光を　ぼくらに届ける

マスクをしてたら笑えない　笑っても伝わらない
ぼくのメガネはすぐに曇って　カノジョのルージュは減らなくて
でもステラ　昔だれかが歌っていただろ
上を向いて歩くのは　涙をこぼしたくないから

人が親指で殺される　後ろ指が背を突き刺す
正義のボール奪い合いつつ　みんなゴールが見えないままで
でもステラ　ぼくらは星と星をつないで
美しい物語も　つくっていたはずなんだ

生きてる時代は選べない　タイムマシンたぶん無理
運が悪かったのかな　はずれの時代なのかな　いま
でもステラ　ぼくらは夜空を見上げるたび
人生よりも歴史よりも　長い時間を知るんだ

――知ってるかい？
遠い火星で「忍耐《パーサヴィアランス》」という名のローバーが
ゼッサン孤独に　黙々コツコツ
荒れ野を探検中！――

子どもの頃に思っていたより　この世界はポンコツかもね
どこかでなにかを間違えて「ごめんね」も言えずに意地を張って
でもステラ　ぼくらの星は青くてきれいだと
ずっと信じてもいいかな　いままでもこれからも

子どもの頃に夢見てた　タコさんの火星人はいなくて
冥王星もいつのまにか　太陽系から消えちゃったけど
でもステラ　ぼくらは見知らぬ誰かと
遠い星の王子さまと　いまでも出会いたいんだ

マスクに笑顔を隠されどおしで　「密」拒まれてどうつながる？
道に迷って途方に暮れて　誰かを嘲笑《わら》ってごまかして
でもステラ　真昼の星座をぼくは信じる
雨雲を抜けたら　そこは満天の星

だからステラ　ぼくとカノジョはこの星の片隅で
マスクなしの口づけを　そっと何度も交わすんだ

OTOGIBANASHI 04
ステラ2021　7分09秒
唄：柄本佑
作曲：水野良樹
Sound Produce & Arrange by トオミヨウ
Drums & Percussion 朝倉真司
E.Bass 隅倉弘至
E.Guitar 山本タカシ
Acoustic Piano, E.Piano & All Other Instruments トオミヨウ
Recorded & Mixed by 甲斐俊郎 at SOUND CREW STUDIO, Studio MOGO
Vocal Recorded by 熊谷邑太 at Studio MOGO

星野先生の宿題

宿題が出された。

遠い遠い宇宙の果ての先の先——太陽系の外にある、どこかの星の人たちに、自己紹介も兼ねて「はじめまして」のメッセージを送ることになった。

「わたしたち地球人はこんな生命体ですよ、というのを相手に伝えるわけだ」

星野先生はそう言って、「仲良くなりたいっていうのが伝わると最高だ」と付け加えた。

「地球人」も「生命体」も、ふつうの中学二年生の教室では、めったに登場しない言葉だろう。ましてや、いまは国語の時間なのだ。

でも、星野先生の授業はいつもこうだ。すぐに話が脱線して、宇宙や星の話になる。一年生のときから国語を受け持っているので、僕たちにも「地球人」や「生命体」はすっかりおなじみなのだ。

「ただし、文章で書いてもだめだぞ。向こうには地球の言葉がわからないんだから」

国語の宿題なのに文章を書かせないのって、おかしくないですか――たとえそう言われても、星野先生はちっとも気にしないだろう。

先生はとにかく宇宙や星が大好きなのだ。名前に「星」がついているのは偶然に決まっているのに、本人は運命だと言い張る。もう四十を過ぎていても、けっこうガキっぽい。

去年、初めての国語の授業で自己紹介をしたときには「ホシノと言えば、星の王子さまです。みんなも先生のことを『王子』と呼んでください」と言って、僕たちを微妙な空気にした。

「国語の先生なのに理系が好きなんですか?」と質問されると、「宇宙から見れば、文系とか理系とか、小さい小さい」と笑って、さらに続けた。「宇宙というのは、文系でも理系でもない。宇宙は太陽系で、銀河系だ」――クラス全員、いっそう微妙な空気に包まれた。

もっとも、先生がスベってしまったのは、しかたないかもしれない。これが実際の教室だったら、どうだっただろう。もうちょっとウケたかな……もっと寒くなっていたかな。

僕たちが顔合わせをしたのはモニターの中だった。教室は、二十八分割されたZoomの画面だった。去年の五月のことだ。

世界中に、未知のウイルスによる感染症が広がっていた。ニッポンもそう。僕たちの街もそう。出歩くと感染する。人と人が交わると危ない。だから、学校は三月頃からずっと休みになってしまい、僕たちは卒業式をしないまま、小学校を卒業した。

一ヵ月遅れでようやく中学校の入学式をして、新年度が始まった。でもしばらくの間は、授業はオンラインと自宅での自主学習で、行事はぜんぶ中止になり、部活も禁止されて、星野先生とも六月になるまでリアルな顔合わせはできなかったのだ。

そんな去年のことを思うと、今年は教室で友だちと会えるだけでも、まし——そういう「サイテー」と比べてしまう発想をしなくちゃいけないのが、なんか、悔しいけど。

オンラインでもリアルでも、星野先生の宇宙への脱線は変わらない。「時間があるから、参考までに言っておくと」「ところで、話はガラッと変わるんだけど」「それはそうとして、ちょっと別の話をすると」……。

生徒はそれをひそかに「ロケット打ち上げ」と呼んでいる。先輩から後輩へ、何代にもわたって受け継がれてきた呼び方だ。

あーあ、また先生がロケット打ち上げちゃったよ、戻ってくるまで時間かかりそうだなあ、なんて。

今日も、先生はロケットを打ち上げた。

アメリカの無人宇宙探査機ボイジャー1号と2号の話だった。

一九七七年九月五日に打ち上げられたボイジャー1号は、木星や土星に接近して貴重な画像をたくさん撮影した。ボイジャー2号は一九七七年八月二十日に打ち上げられて、木星や土星に加え、天王星や海王星にも接近して画像のデータを地球に送った。

そして、いま——二〇二一年五月。

二機のボイジャーは、どちらもまだ宇宙を飛んでいる。

教室がざわめいた。正確には、みんなマスクをしているから、もごもごもごもごもごもご、と騒がしくなった。

すごい。打ち上げからもうすぐ四十四年なのに。燃料の補給もメンテナンスもしていないのに。

向かっているのは、太陽系の外だ。すでに人類史上で最も遠くまで旅をしていても、まだ太陽系の中庭あたりなのだという。

宇宙は広い。そっちのほうがもっとすごいのかも。

先生の話の本題は、ここから——。

ボイジャー1号と2号は、ともに大切な荷物を積んでいる。

「手紙なんだ」

いつかどこかで、知的な生命体と出会ったときのために、『ゴールデン・レコード』という、地球人について紹介するレコードをつくった。

「レコードから説明しなくちゃいけないかな」——あの頃の記憶媒体。いまの感覚で言えば、ＵＳＢメモリのようなものらしい。

その星にもパソコンやスマホはあるんですか、と誰かが質問した。

すると、先生は苦笑して「わからないな」と言った。「でも、とにかく――」と続けた。

レコードに記録されたものを読み取れる文明を持った星がどこかに必ずある、メッセージを理解できる知的な生命体が必ずいる、と信じて、一九七七年の地球人は自己紹介のレコードをつくってボイジャーに積んだのだ。

百十五枚のモノクロ画像と、波や風や動物の鳴き声などの自然音、五十五種類の言語のあいさつ――日本語のあいさつは「こんにちは、お元気ですか」だった。

さらに世界中の民族音楽やクラシック、ポップスの音源も収録された。バッハやモーツァルトやベートーヴェン、ロックンロールやブルース、日本からは尺八の『鶴《つる》の巣《す》籠《ごも》り』が選ばれた。

先生は収録されたロックンロールの『ジョニー・B・グッド』の動画も用意していたから、たまたま時間に余裕ができたから脱線をしたのではなく、最初から「今日はこの話をしよう」と決めていたのかもしれない。

そして、ここからが本題中の本題――。

「もしも、いま、みんなが新しい『ゴールデン・レコード』をつくるなら、どんなことを伝える？」

教室は、今度はしんと静まりかえった。

えーっ、マジ？　というみんなの困った顔が、マスクに隠れていてもわかった。男子と女子に分かれて、男子の意見と女子の意見をそれぞれクラス委員がまとめて、明日の国語の時間に発表することになった。

男子のクラス委員は、僕だ。それはつまり、こういうときに「ヤマちゃん、頼む」「山本が決めろよ、ぜんぶ賛成してやるから」と押しつけられてしまう役ということだった。

女子のクラス委員の近藤さんをちらりと見た。近藤さんも僕を見ていたので、すぐに目が合った。僕たちは同じ小学校から来て、けっこう仲良しなのだ。

近藤さんは、まいっちゃうね、と天井を見上げた。女子も似たようなものなのだろう。僕もしょぼくれたポーズをつくって、こっちもまいってるよ、と応《こた》えた。マスクをしていると、気持ちを伝えるのに一手間かかる。

そんな僕たちの気も知らずに、先生は張り切って言った。

「動画でも静止画でも音声でも、なんでもいいぞ。ただし、最初に言ったとおり、文章じゃだめだぞ。向こうには通じないし、言い訳っぽくなりそうだし……で、自己紹介するのは、二〇二一年五月の地球だ。いまの、地球人だ」

そして、教室を見回して、付け加えた。

「嘘《うそ》をついちゃいけないぞ」

マスクの奥で笑いながら――でも、真剣な口調だった。


二〇二一年五月の地球人。

かなりサイテーだというのは、中学二年生になったばかりでもわかる。

みんなも国語の授業のあと、「マジかよー……」と困っていた。

「どこをほめればいいわけ？」

「べつにほめなくてもいいじゃん」

「そうだよ、嘘つくなって先生も言ってただろ」

「嘘じゃなくても、ほめるところ、あるでしょ」

「ないないないっ」

「えーっ？」

「じゃあ言ってみろよ、ほめるところ」

第二次世界大戦みたいな大きな戦争をしてない――でも小さな戦争、たくさんある。

経済発展してる――でも環境ボロボロ。

インターネットで世界がつながった――でもヘイトとかフェイクニュースも一瞬で世界中に広がる。

飢えで死ぬ子どものニュース、減ってる――でも、報道の数が減るのと実際の数が減るのとは違う、全然、まったく、まるっきり。

長生きできるようになった――でも、みんなが元気でご長寿ならいいけど、そうじゃないのが問題なわけで……。

星野先生が最後に言った「嘘をついちゃいけないぞ」の一言が、じわじわと僕たちを締めつける。

なにより、ウイルスのこと。世界中に猛威をふるってから、そろそろ一年半になる。感染や重症化を防ぐワクチンはできた。どんどん接種を進めている国もある。

でも、日本は、ワクチンを輸入に頼っていて、ようやく接種が本格的に始まったところだ。中学生に回ってくるまでには、あと一年以上かかるんじゃないか、とも言われている。

なんで、そんなに遅いの？

科学技術は世界トップクラスのはずなのに、なんでワクチンがつくれないの？

偉い政治家は、なんでちゃんとした説明をしてくれないの？

ひょっとして……オレたちの国って、意外とポンコツ？

「いやいやいや、ちょっと待てよ」

クラスの男子で一番勉強のできる荻野《おぎの》くんが言った。「先生は地球人を紹介しろって言ったんだから、日本がアレでも、もっといい国があるんだったら、そっちを紹介すればいいんだよ」

たとえば、と続ける。

「イスラエルなんて、もう国民のほとんどがワクチンを打ってるだろ」

僕はうなずいたあと、首を横に振った。悪いけど、僕は荻野くんと勉強のライバルで、じつを言うと社会の成績は僕のほうがいい。

イスラエルはいま、何十年も前から争ってばかりいるパレスチナとまた揉《も》めていて、攻撃したりされたりで、お互いにたくさんの犠牲者を出している。せっかくワクチンを打って感染症から助かったのに、憎しみ合って命を落とすのって……やっぱり、おかしいと思う。

自分の意見を打ち消された荻野くんはムッとして、「ウイルスで大変でも、経済が伸びてる国があるだろ」と言った。

もちろん、ある。中国とアメリカだ。

でも、中国は少数民族を弾圧したり、国際的なルールを無視して好き勝手にふるまったりして、世界中から厳しく批判されている。一方、その批判の先頭に立つアメリカだって、去年からひどい人種差別問題で揺れているのだ。

僕の説明を聞いた荻野くんはいっそう不機嫌になってしまい、「ヤマはネガティブすぎるんだよ、アラ探しばかりするなよ」と舌打ちした。

「わかってるよ、でも――」

星野先生は「嘘をついちゃいけないぞ」と言ったのだ、とにかく。

僕も、遠い宇宙の果てで出会うかもしれない生命体に、嘘なんてつきたくない。見栄《みえ》なんて張りたくない。

「でもさあ……」

いままで黙っていた長谷川くんが話に加わった。「地球人がダメダメだって教えちゃうと、危なくない？　じゃあこいつら滅ぼすか、ってなったらどうする？」

そこまで星野先生の話を本気にするなよ、とみんなはあきれて笑ったけど、荻野くんは強引に長谷川くんを味方につけて、言った。

「そうだよ、ハセの言うとおりだよ。ヤマみたいに地球に住んでるのに地球を批判するのってサイテーだよ。じゃあ、文句あるんだったら、地球から出て行けよ」

めちゃくちゃな理屈だった。言い返す気にもならない。

でも、荻野くんは僕が黙っているのを誤解して「はい、論破っ」と得意げに笑って、続けた。

「おまえみたいなヤツのこと、ハンニチでヒコクミンって言うんだよな」

「反日」や「非国民」の意味もわからずに笑う友だちに囲まれて、荻野くんは上機嫌に「だって、オレ、地球を愛してるもーん」と胸を張っていた。二〇二一年五月の地球人の代表は、荻野くんなのかもしれない。

でも、いいや。意地悪な声も、キンキンと耳障《みみざわ》りには響かない。誰の声でもそうだ。マスクがあると、声はすべてくぐもって、自然とまるくなる。

もごもごもごもごもご……。

夏になってもマスクははずせないだろう。去年も熱中症が心配だったけど、今年も嫌だなあ。来年は……ワクチン、中学生も打ってますよね……だいじょうぶですよね……って訊くことも、偉い政治家を信じていないヒコクミンになっちゃうんですか……ですか……ですか……？

マスクをすると、自分の声は、なかなか自分から遠ざかってくれないのだ。

放課後は近藤さんと一緒に帰った。

あんのじょう、女子の話し合いもまとまらなかったらしい。地球人をほめたい人とそうじゃない人の意見は、最後まで嚙《か》み合わず、しまいには「星野先生も国語の授業だけやればいいのに」「英語や数学の授業でこんなに脱線してたら絶対に大問題だよね」と、みんなで先生の悪口を言いはじめた。

でも、それは八つ当たりだ。ほんとうは、先生が聞かせてくれる宇宙の話は、男子にも女子にも意外と好評なのだ。

たとえば、去年の秋、先生は人類で初めて宇宙から地球を見た宇宙飛行士の言葉を教えてくれた。「地球は青かった」というソ連の宇宙飛行士ガガーリンの言葉だ。先生はそこから地球の環境問題について説明してくれたけど、僕たちにはガガーリンの言葉のインパクトのほうが強かった。その日の給食の時間、お調子者の志村くんが、ぼそっと「牛乳は白かった」と言ったら、飲みかけていた牛乳を噴いたヤツが五人もいて、その牛乳が感染予防のアクリル板にビシャッと飛び散って、教室は大騒ぎになってしまった。その後もしばらく「ウンコは茶色かった」「オナラは臭かった」「チンコはデカかった」と、小学生みたいなことをみんなで言い合って、男子の流行語になったのだ。

女子には、一九八六年のアメリカの宇宙船チャレンジャーの爆発事故が印象深かったらしい。高校教師だった女性宇宙飛行士のクリスタ・マコーリフさんは、たくさんの子どもたちが見つめる前で、打ち上げから一分十三秒後の爆発事故で帰らぬ人となったのだ。その話をしたときには、星野先生はマコーリフさんの写真や爆発の瞬間の動画まで見せてくれたから、涙ぐむ女子が何人もいた。

どうも、その、男子と女子とではリアクションに差がありすぎる気もするけど……まあ、そういうものなのかな。

でも、とにかく、星野先生の宇宙の話は女子にも好評だったので、宿題についてもみんな真剣に考えて、話し合った。真剣だからこそ、結論が出せずに、結局最後はクラス委員の近藤さんにお任せ——男子と同じだ。

「文章で細かく説明できないのがイタいよね」

「だよなあ……」

「最初はスマホでいいかも、っていう話になりかけたんだよね。スマホを見せれば、頭のいい生命体だったら、地球人の知的レベルとか、すぐにわかってくれるんじゃないかな、って」

あ、なるほど、すげっ、と僕は感心したけど、近藤さんはすぐに「でも、星野先生が言ってるのってそういうことじゃないよ、っていう話になったの」と打ち消した。やっぱり男子と女子は、ちょっと、かなり、すごく、差があるのかも。

「自己紹介って、ＰＲとは違うでしょ？」

「うん……」

「でも、反省とか、悪いことをやってきたのを告白するっていうのとも、違うよね」

「違う、と思う」

「わたしたちはこうなんです、これがわたしたちです、って……難しいなあ……」

近藤さんはため息をついて、「わたしが決めちゃうと、けっこう悪口になりそうな気がする」と言った。

「どんなふうに?」

「だって、そもそも宇宙に行く発想じたい、おかしいでしょ。わたしが子どもの頃に思ってたのと全然違ってる」

星野先生の宇宙の話は、ときどき地球上の戦争や大国同士の仲の悪さの話にも結びついた。二十世紀後半にアメリカとソ連が宇宙開発を競い合っていたのも、世界の平和や人類の幸せのためというより、国家の威信がかかっていたから。いまだってそうだ。アメリカはおととし宇宙軍をつくった。でも、それは異星人から地球を守るためじゃなくて、同じ地球の中国やロシアからアメリカを守るための軍隊だった。ロケットと弾道ミサイルの違いだって、ざっくり言うと先端が爆発するかしないかだけ——「もったいないよなあ、せっかく宇宙を目指せるのに、それを敵の国に撃ち込むなんて」と先生は悔しそうに言っていた。

近藤さんも悔しさたっぷりに言った。

「地球人って、はっきり言って、宇宙に出る資格ないと思う。その前に地球のことをなんとかしてよ、って。なんで貧富の差がなくならないの、なんで肌の色とか差別しちゃうの、なんで難民が減らないの、なんで生き物をどんどん絶滅させちゃうのよ……こんなのが宇宙に出て行ったら、ろくなことしないよ、銀河系とか大迷惑だよ、嫌われ者になっちゃうよ、絶対に……」

しゃべっているうちに感情が高ぶって、声が震えはじめた。

気持ちはわかる。僕も賛成。でも、このまま放っておくと、近藤さんはもっと興奮して、泣きだしてしまうかもしれない。

だから僕はあわてて、明るい口調で言った。

「でも、地球人って、間抜けだからだいじょうぶなんじゃねーの?」

だって、星野先生は、こんな話もしてくれたのだ。

一九九八年に打ち上げられた火星探査機マーズ・クライメイト・オービターは、無事に火星に到達したものの交信が途絶えてしまい、いまは、どこでどうしているかもわからない。

なぜ失敗したかというと、開発にかかわった二つのチームが、一つは長さの単位をメートルで計算していて、もう一つはヤードで計算していたのだ。それでいろんな数字がどんどんずれていったあげく、通信機能が壊れてしまった。同じステージに立つミュージシャンがお互いに気づかないまま別々の曲を演奏していたようなもの——間抜けすぎる。宇宙開発にかかわる人たちって、みんなめちゃくちゃ勉強ができるはずなのに。

「だから、宇宙に出て行っても、意外とボケ担当で、ほかの星からツッコミ入れられながら、『しょーがないよ、地球だもん』って、けっこういい感じでやっていけるかもよ」

近藤さんは、あーあ、という感じで空を仰ぐだけで、返事もしてくれなかった。話もそれっきりで終わり、次の交差点で「じゃあね」「うん、また明日」で別れてしまった。僕のおかげで泣かずにすんだこと、わかってくれるといいんだけどな。

一人になってからも、星野先生の宿題のことを考えながら歩いた。

近藤さんには言わなかったけど、先生から聞いた宇宙の話で、気に入っているのがもう一つある。

地球は火星人に侵略されそうになった。H・G・ウェルズという作家が百二十年ほど前に書いた『宇宙戦争』という小説での話だ。

タコみたいな火星人が地球を襲って、大暴れした。このままだと地球は火星人のものになってしまう……と思いきや、火星人は地球の細菌に免疫《めんえき》がなかったので、みんな病気になって死んでしまったのだ。

「だから、こういうこともありうるだろ」と先生は言った。

いま地球人を苦しめている新型ウイルスだって、じつはひそかに、宇宙から侵略に来た目に見えない知的生命体を倒してくれているのかもしれない。僕たちはウイルスに文句ばかり言っているけど、もしかしたら、そのウイルスのおかげで滅亡の危機を免れているのかも……。

教室のみんなはマスク越しのくぐもった声でブーイングをした。先生も「甘いかなあ、甘いよなあ、やっぱり」と認めた。「ごめんごめん、みんなの苦労を無視しちゃって」と謝ってもくれた。ただ、そのあとで、こう付け加えたのだ。

「そういう発想でものごとを見るのも、意外と大事かもしれないぞ」

そのときにはピンと来ていなかった僕も、いま、ちょっとだけ、先生の言いたいことがわかったような気がした。

先生の話で好きなのが、もう一つ。

いま地球人は、最新の探査機を火星に送っている。新型ウイルスが猛威をふるっていたさなか、去年の七月三十日に打ち上げられて、今年の二月十八日に火星に着陸したことが確認され、いまも火星の荒れ野を探査中だ。

その探査機の名前は、パーサヴィアランス――「忍耐」という意味。命名の由来は知らない。新型ウイルスと関係あるのかどうかもわからない。ただ、暗い名前だというのは確かだ。

でも、その一方で、火星の岩石などを調べるロボットアームの先端の観測機器は、シャーロックと名付けられている。名探偵シャーロック・ホームズだ。で、シャーロックが観測したものを撮影するカメラの名前は、ホームズの相棒のワトソン。

「深刻すぎるぐらい真面目《まじめ》なのか、ノーテンキなのか、よくわからないよなあ」

先生はおかしそうに笑っていた。僕たちも笑った。その笑いを遠い星の生命体にも伝えられたらいいのになあ——ふと、思った。

ねえ。

きみは、どう思う？

いま僕の話を聞いてくれているのは、地球人の中でもほんのひと握り、というか、ひとつまみというか、すごく偏《かたよ》って、すごく限られた地球人にすぎない。

でも、知りたい。

きみなら、星野先生の宿題に、どんなふうに答える？

近藤さんと僕は、それぞれウチに帰ってからも必死に考えた。両親に訊いたらヒントぐらいにはなりそうな気がしたけど、逆に、両親の考えることは絶対に違うだろうな、とも思った。

翌日の国語の授業で、さっそく宿題の答えを発表することになった。

最初は女子から。

近藤さんは「赤ちゃんの泣き声です」と言った。「なんにも説明しなくていいから、泣き声だけを録音します。できれば、赤ちゃんが生まれた直後の、産声《うぶごえ》」

昨日、僕と別れたあと、近藤さんはもっとじっくり考えたくて、公園に寄った。ベンチに座って、どうしようかなあ、と考えていたら、ベビーカーを押したお母さんが通りかかって、ちょうど赤ちゃんが泣きだした。その泣き声を聞いていて、これだ、と決めたのだという。

授業前に女子のみんなに訊いてみたら、全員賛成してくれたらしい。男子には「えーっ?」「ワケわかんねえっ」と不評だったけど、女子は自信たっぷりに、だから男子ってバカだよね、という顔をしていた。

星野先生も満足そうに大きくうなずいて、「いい答えだ」と言ってくれた。○がついたわけだ。

ホッとする近藤さんや女子たちに、先生はさらに続けた。

「きっと伝わるよ。地球人は、こんなふうに命を始めるんだ、って……わかってくれるよ、うん、わかるだろうな、絶対に」

次は男子。

近藤さんと入れ替わりに教壇に立った僕は、言った。

「世界中の人びとの顔を集めます」

人種、民族、国家、とにかく可能なかぎり幅広い人たちの、もちろん年齢とか社会的立場とか性別も取り混ぜて、笑ったり泣いたり怒ったりすましたり落ち込んだり……という、さまざまな顔の画像を集めて、データにする。

授業前にクラスの男子に話したときには、はっきり言ってウケなかった。荻野くんなんて「弱っちい顔なんてあったらナメられるだろ。ビッと気合入れた顔だけでいいじゃん」――ヤンキーのケンカと一緒になってる。

でも、星野先生は、「うん、なるほどな」と小さくうなずいて、質問をした。

「いろんな表情があるわけだよな」

「はい……」

「大きく二つに分けちゃおう。笑顔と泣き顔だ。で、どっちのほうを多くする？」

荻野くんが横から「そんなの笑顔に決まってるじゃん。圧勝、圧勝」と言ったけど、僕は聞こえなかったふりをした。先生もなにも応えなかった。

「接戦です」

僕は言った。教室がどよめいた。不服そうな目になったヤツが何人もいた。でも、先生は表情を変えずに「それで？」と続きをうながした。

「接戦ですけど……笑顔のほうが、ほんのちょっとだけ……勝ってます」

荻野くんは「なんだよ、それ」とすごんだ声になったけど、僕はさらに続けた。

「たまに逆転されたりするけど……」

荻野くんが「ふざけんなよ」と怒りだす寸前、先生は大きな声で「だなっ！」と言って、手を一つ、大きく叩《たた》いてくれた。

「そうだそうだ、逆転される！　たまに、じゃなくて、しょっちゅうだ！」

これではもう、荻野くんは黙るしかない。

「でも、途中で逆転されても、必ず……笑顔のほうが増える」

僕もそう思う。

「でも、笑顔が増えて安心してたら、また泣き顔が増えてくる」

それも、わかる。

「その繰り返しだ」

だよなあ、ほんと、そうだよなあ、と納得する。

「でも、笑顔のほうがちょっとだけ多いってことで、探査機に載せちゃえ。それでいい」

　どうやら、先生は僕の答えにも○をつけてくれたらしい。

「どうせ、ずっと未来にならなきゃ異星の生命体には見てもらえないんだ。だから、いまが泣き顔が多い時期でも、かまわないから、笑顔を増やせばいいんだ」

　すると、荻野くんが「えーっ、先生、嘘ついちゃだめだって言ってましたーっ」と声をあげた。

　でも、先生はあわてず騒がず、むしろ待ってましたというふうに、目を細くして言った。

「嘘じゃないよ」

　そして、教室をゆっくりと見渡して――。

「それは、希望っていうんだ」


　星野先生の宿題は、きっと誰かから誰かへとリレーされていくものだろう。

　僕がバトンを持って走るのは、ここまで。

　受け取ってくれるかな。

ねえ、きみ。
星野先生の宿題に、きみなら、どんなふうに答える――?

Staff

author	Kiyoshi Shigematsu
illustrator	Tatsuro Kiuchi
editor in chief	Tsutomu Sasaki
editor	Masashi Kubo
designer	Yuko Ohtaki
sales staff	Yoshifumi Kawai
publicist	Jyunichiro Ono
special thanks	Yoshiki Mizuno
	•
	Yusuke Kaji
	Tatsunori Kan
	Haruna Seki
	•
	Satoko Mukumoto
	•
	Asami Fujimoto
	Yumiko Ohshima
	•
	The Members of 〝SHIGE-ZEMI〟

Absolutely send the biggest thanks for your reading.

２０２０年のせいくらべ（講談社『Day to Day』所収）
夜明けまえに目がさめて
（yom yom ２０２２年1月～２０２２年12月連載を文庫化にあたり加筆）
おくることば
（早稲田大学文化構想学部重松ゼミ「２０１９年度～２０２２年度ゼミ誌」
掲載を文庫化にあたり加筆）
反抗期（本書のための書き下ろし）
ステラ２０２１、星野先生の宿題（講談社『OTOGIBANASHI』所収）

この作品は、文庫オリジナル編集です。

重松清著

舞姫通信

教えてほしいんです。私たちは、生きてなくちゃいけないんですか？　僕はその問いに答えられなかった――。教師と生徒と死の物語。

重松清著

見張り塔から ずっと

3組の夫婦、3つの苦悩の果てに光は射すのか？　現代という街で、道に迷った私たち。新・山本周五郎賞受賞作家の家族小説集。

重松清著

ナイフ

坪田譲治文学賞受賞

ある日突然、クラスメイト全員が敵になる。私たちは、そんな世界に生を受けた――。五つの家族は、いじめとのたたかいを開始する。

重松清著

日曜日の夕刊

日常のささやかな出来事を通して蘇る、忘れかけていた大切な感情。家族、恋人、友人――、ある町の12の風景を描いた、珠玉の短編集。

重松清著

ビタミンF

直木賞受賞

もう一度、がんばってみるか――。人生の〝中途半端〟な時期に差し掛かった人たちへ贈るエール。心に効くビタミンです。

重松清著

エイジ

山本周五郎賞受賞

14歳、中学生――ぼくは「少年A」とどこまで「同じ」で「違う」んだろう。揺れる思いを抱き成長する少年エイジのリアルな日常。

重松　清著　ロング・ロング・アゴー

いつか、もう一度会えるよね――初恋の相手、忘れられない幼なじみ、子どもの頃の自分。再会という小さな奇跡を描く六つの物語。

重松　清著　星のかけら

六年生のユウキは不思議なお守り「星のかけら」を探しにいった夜、ある女の子に出会う。命について考え、成長していく少年の物語。

重松　清著　ポニーテール

親の再婚で姉妹になった四年生のフミと六年生のマキ。そして二人を見守る父と母。家族のはじまりの日々を見つめる優しい物語。

重松　清著　ゼツメツ少年
毎日出版文化賞受賞

センセイ、僕たちを助けて。学校や家で居場所を失った少年たちが逃げ込んだ先は――。物語の力を問う、驚きと感涙の傑作。

重松　清著　一人っ子同盟

兄を亡くしたノブと、母と二人暮らしのハム子は六年生。きょうだいのいない彼らは同盟を結ぶが。切なさに涙にじむ〝あの頃〟の物語。

重松　清著　たんぽぽ団地のひみつ

祖父の住む団地を訪ねた六年生の杏奈は、時空を超えた冒険に巻き込まれる。幸せすぎる結末が待つ家族と友情のミラクルストーリー。

重松　清著　きみの町で

旅立つきみに、伝えたいことがある。友情、善悪、自由、幸福……さまざまな「問い」に向き合う少年少女のために綴られた物語集。

重松　清著　カレーライス
―教室で出会った重松清―

いつまでも忘れられない、あの日授業で読んだ物語――。教科書や問題集に掲載された名作九編を収録。言葉と心を育てた作品集。

重松　清著　ハレルヤ！

「人生の後半戦」に鬱々としていたある日、キヨシローが旅立った――。伝説の男の死が元バンド仲間五人の絆を再び繋げる感動長編。

重松　清著　ビタミンBOOKS
―さみしさに効く読書案内―

文庫解説の名手である著者が、文豪の名作から傑作ノンフィクション、人気作家の話題作まで全34作品を紹介。心に響くブックガイド。

小池真理子著　望みは何と訊かれたら

殺意と愛情がせめぎあう極限状況で生れた男女の根源的な関係。学生運動の時代を背景に愛と性の深淵に迫る、著者最高の恋愛小説。

恩田　陸著　六番目の小夜子

ツムラサヨコ。奇妙なゲームが受け継がれる高校に、謎めいた生徒が転校してきた。青春のきらめきを放つ、伝説のモダン・ホラー。

宮部みゆき著
理由
直木賞受賞
被害者だったはずの家族は、実は見ず知らずの他人同士だった……。斬新な手法で現代社会の悲劇を浮き彫りにした、新たなる古典！

角田光代著
キッドナップ・ツアー
産経児童出版文化賞・路傍の石文学賞受賞
私はおとうさんにユウカイ（＝キッドナップ）された！　だらしなくて情けない父親とクールな女の子ハルの、ひと夏のユウカイ旅行。

窪　美澄著
ふがいない僕は空を見た
山本周五郎賞受賞・R－18文学賞大賞受賞
秘密のセックスに耽る主婦と高校生。暴かれた二人の関係は周囲の人々を揺さぶり――。生きることの痛みを丸ごと包み込む傑作小説。

三浦しをん著
格闘する者に○《まる》
漫画編集者になりたい――就職戦線で知る、世間の荒波と仰天の実態。妄想力全開で描く格闘の日々。才気あふれる小説デビュー作。

永田和宏著
歌に私は泣くだらう
―妻・河野裕子　闘病の十年―
講談社エッセイ賞受賞
歌人永田和宏と河野裕子。限りある命と向き合い、生と死を見つめながら歌を詠んだ日々――深い絆で結ばれた夫婦の愛と苦悩の物語。

近藤雄生著
吃音
―伝えられないもどかしさ―
話したい言葉がはっきりあるのに、その通りに声が出てこない。当事者である著者が問題に正面から向き合った魂のノンフィクション。

松本創著
軌道
―福知山線脱線事故 JR西日本を変えた闘い―
講談社 本田靖春ノンフィクション賞受賞

「責任追及は横に置く。一緒にやらないか」。事故で家族を失った男が、欠陥を抱える巨大組織JR西日本を変えるための闘いに挑む。

川端康成著
伊豆の踊子

旧制高校生の私は、伊豆で美しい踊子に出会う。彼女との旅の先に待つのは――。若き日の屈託と瑞瑞しい恋を描く表題作など4編。

三島由紀夫著
潮（しおさい）騒
新潮社文学賞受賞

明るい太陽と磯の香りに満ちた小島を舞台に海神の恩寵あつい若くたくましい漁夫と、美しい乙女が奏でる清純で官能的な恋の牧歌。

太宰治著
晩年

妻の裏切りを知らされ、共産主義運動から脱落し、心中から生き残った著者が、自殺を前提に遺書のつもりで書き綴った処女創作集。

宮沢賢治著
新編 銀河鉄道の夜

貧しい少年ジョバンニが銀河鉄道で美しく哀しい夜空の旅をする表題作等、童話13編戯曲1編。絢爛で多彩な作品世界を味わえる一冊。

サン=テグジュペリ
河野万里子訳
星の王子さま

世界中の言葉に訳され、子どもから大人まで広く読みつがれてきた宝石のような物語。今までで最も愛らしい王子さまを甦らせた新訳。

NexTone 許諾番号 PB000053803

おくることば

新潮文庫 し－43－32

令和五年七月一日発行

著者 重《しげ》松《まつ》清《きよし》

発行者 佐藤隆信

発行所 株式会社新潮社

郵便番号 一六二―八七一一
東京都新宿区矢来町七一
電話 編集部(〇三)三二六六―五四四〇
読者係(〇三)三二六六―五一一一
https://www.shinchosha.co.jp

価格はカバーに表示してあります。

乱丁・落丁本は、ご面倒ですが小社読者係宛ご送付ください。送料小社負担にてお取替えいたします。

印刷・株式会社光邦　製本・株式会社大進堂

ISBN978-4-10-134942-8 C0193